BIBLIOTHÈQUE DE LA JEUNESSE
LA SŒUR DE
GRIBOUILLE
PAR DE CHATELLUS

AF314729

LIBRAIRIE 2f50 HACHETTE

Bibliothèque
des Écoles et des Familles

1ᵉ SÉRIE

Format grand in-8 (28 × 18)

Chaque volume :

broché .... **9 fr. 50**

relié tranches jaunes, tête dorée ...... **14 fr. 50**

ABOUT (E.) : **L'homme à l'oreille cassée.**
Le roman d'un brave homme.

AVEZAN (D') : **Enfant d'adoption.**

BEECHER STOWE : **La case de l'oncle Tom.**

CERVANTÈS SAAVEDRA : **Don Quichotte de la Manche.**

CIM (Alb.) : **Grand'mère et petit-fils.**

GORSSE (DE) et JACQUIN : **La Jeunesse de Cyrano de Bergerac.**

GOURDAULT (J.) : **La Suisse pittoresque.**

JACQUIN : **M. de la Palisse.**

MAËL (P.) : **Robinson et Robinsonne.**
Le trésor de Madeleine.
Terre de fauves.
Une Française au Pôle Nord.

MONNIER : **Notre belle Patrie. Sites pittoresques de la France.**

SCOTT (Walter) : **Ivanhoë.**
Quentin Durward.

TOUDOUZE (G.) : **Le secret de la trahison.**
Le voltigeur hollandais.

VERNON (P.) : **Pirates de l'air.**

WYSS (J.) : **Le Robinson suisse.**

2ᵉ SÉRIE

Format in-8 (26 × 17)

Chaque volume :

broché....... **8 fr.**

relié tranches jaunes, tête dorée. ...... **12 fr. 25**

ABOUT (E.) : **Nouvelles et souvenirs.**
Le roi des montagnes.

BAKER : **L'enfant du Naufrage.**

CAHUN (L.) : **Les pilotes d'Ango.**

COLOMB (Mme J.) : **Mon oncle d'Amérique.**
Les étapes de Madeleine.

COOPER (Fenimoore) : **Le dernier des Mohicans.**

CORNEILLE : **Œuvres choisies.**

DAUDET : **Histoire d'un enfant. Le Petit Chose.**

DICKENS (C.) : **David Copperfield.**
Aventures de M. Pickwick.

GAFFEREL (P.) : **Les campagnes de la première République.**

GIRARDIN (J.) : **Le commis de M. Bouvat.**
Le Locataire des demoiselles Rocher.
Les Braves gens.
La famille Gaudry.

GUY (H. et C.) : **Gérard-le-Résolu.**

MOLIÈRE : **Œuvres choisies.**

SANDEAU : **La Roche aux Mouettes.**

VINCENT et Mlle BAT : **Chez Catherine ménagère.**

**Pour la collection complète,
demander le Catalogue de Distribution de Prix.**

LA SŒUR DE GRIBOUILLE

« MOI, JE ME SUIS MIS DANS L'EAU POUR QUE LA
PLUIE NE ME MOUILLE PAS »

LA SŒUR DE GRIBOUILLE

COMÉDIE EN CINQ ACTES ET UN PROLOGUE

Tirée du célèbre livre de Madame la Comtesse de SÉGUR, née ROSTOPCHINE

Représentée pour la première fois au Théâtre Fémina, à Paris, le 23 janvier 1923, par la troupe du PETIT MONDE

PAR

ANDRÉ DE CHATELLUS

ILLUSTRATIONS DE CASTELLI

LIBRAIRIE HACHETTE

79, BOULEVARD SAINT-GERMAIN, PARIS

PERSONNAGES :

GRIBOUILLE : 15 ANS.

M. DELMIS : 60 ANS.

LE BRIGADIER BOURGET : 27 ANS.

GEORGES : PETIT-FILS DE Mme DELMIS.

CAROLINE : SŒUR DE GRIBOUILLE.

MADAME DELMIS : 60 ANS.

MADAME GREBU : AMIE DE MADAME DELMIS.

ROSE : VIEILLE FILLE, 38 ANS.

EMILIE : 12 ANS, PETITE-FILLE DE MADAME DELMIS.

Le Brigand MICHEL.

UN PERROQUET.

La scène se passe dans une petite ville de Normandie, il y a cinquante ans

LA SŒUR DE GRIBOUILLE

PROLOGUE

Chez CAROLINE

*Mobilier d'ouvriers, Caroline est assise. Un lit dans le fond. Au-dessus du
lit, un crucifix, tables, chaises, vaisselle, etc., etc...*

SCENE I
LE BRIGADIER, CAROLINE.

Caroline

Vraiment, Brigadier, je ne pouvais
pas m'attendre... je suis confuse et ne
sais que répondre...

Le Brigadier

C'est pourtant bien comme je le
dis... Mam'zelle Caroline... le brigadier Bourget (c'est moi), ne peut pas
mentir... Il n'a qu'un sabre et qu'une
parole... et ce sabre... non, cette parole... il vous la donne... le brigadier
Bourget vous aime, mam'zelle Caroline... il vous aime franchement... pas
à la rigolade... mais de bon cœur et
pour la vie... Il vous le demande...
voulez-vous être sa femme?...

Caroline

Rien en effet ne devrait m'empêcher
de l'être... Je sais tout ce que vous

êtes et combien sera heureuse la femme que vous aurez choisie. Et cependant, je refuse votre offre...

LE BRIGADIER

Pour une raison qui ne peut pas être bien bonne.

CAROLINE

Détrompez-vous !

LE BRIGADIER

Donc, en ce cas, mademoiselle Caroline, faites-la connaître... qu'on s'explique...

CAROLINE

Oubliez-vous quelle charge pèse sur moi, à quelle tâche nécessaire, à quel devoir, je dois me consacrer... Je l'ai promis à ma pauvre mère ici même, sur son lit de mort, il n'y a pas huit jours... je n'abandonnerai jamais Gribouille.

LE BRIGADIER

Qui vous parle d'abandonner votre frère, pas moi bien sûr...

CAROLINE

Sans doute... mais c'est moi qui ne dois pas vous imposer cette charge, à vous ou à un autre. Gribouille n'a que moi... ensemble, nous devons gagner notre vie... ou plutôt, je dois, en restant avec lui... lui permettre de gagner la sienne. Vous connaissez Gribouille, que deviendrait-il sans moi ?

LE BRIGADIER

Il y aurait eu du pain pour lui chez nous ! il y aurait eu sa place !

CAROLINE

C'est impossible ! Croyez-moi, vous auriez vite assez de ses bizarreries, de ses naïvetés... moi seule, parce qu'il est mon frère, peux le supporter... Vous n'auriez pas longtemps cette patience...

LE BRIGADIER

Qu'en savez-vous ?

CAROLINE

J'en suis sûre.

LE BRIGADIER

C'est triste ce que vous dites-là, Mam'zelle !

CAROLINE

C'est pourtant la vérité !...

LE BRIGADIER

Donc, comme ça, vous refusez !...

CAROLINE

Puis-je faire autrement ?

LE BRIGADIER

Cependant, si vous l'aviez voulu !

CAROLINE, se levant.

N'insistez pas... je vous en prie... laissez-moi tout entière au devoir pour lequel de Là-Haut... ma mère me donnera le courage et la force...

LE BRIGADIER

Pour de vrai, cela me fâche... depuis si longtemps que je m'étais mis cette idée dans la tête... je croyais si bien que vous consentiriez... bien sûr que vous auriez pu trouver mieux... par exemple, quelqu'un qui vous aurait aimée davantage... ça, impossible... vous le croyez bien...

CAROLINE

Je n'ai aucun doute à cet égard.

« JE L'AI PROMIS A MA PAUVRE MÈRE
SUR SON LIT DE MORT »

LE BRIGADIER

Et vous refusez tout de même !

CAROLINE

Croyez-moi, il le faut !

LE BRIGADIER

N'en parlons plus... je vous voyais tout de même si bien dans notre petite maison... Pour sûr qu'avec vous... cela aurait été toujours bien tenu et propre... vous auriez continué de faire vos robes... la clientèle ne vous aurait pas manqué...

CAROLINE

Ici, elle ne manquera pas davantage, je l'espère bien.

LE BRIGADIER

Avec mes 150 francs par mois, on aurait été heureux... et puis, un tant pour cent sur les « *procès-verbal* » que M. le Maire a dit... avec deux ou trois vauriens, comme ce Michel du grand Bourg... on aurait bien gagné son pain... enfin... un jour vous changerez peut-être d'avis.

CAROLINE

Ce jour-là, je penserai à vous.

LE BRIGADIER

Et vous me trouverez encore, je vous le jure... car à cent lieues à la ronde, je n'en rencontrerais pas une pareille à vous.

SCENE II

LES MEMES, GRIBOUILLE.

GRIBOUILLE

Hé ! bien ! tu sais, ma sœur... jusque chez Mme Delmis, un paquet de robes, c'est lourd... Comprenez-vous ça, brigadier... une robe toute seule, ça ne pèse rien... alors je dis à Caroline, je les porterai bien... donne-moi les cinq... cinq fois rien... c'est rien... s'pas... tout le monde sait cela... hé bien ! pas du tout, cinq fois rien, quand c'est des robes, c'est le diable à porter !...

LE BRIGADIER

Mon pauvre Gribouille !

GRIBOUILLE

Je n'ai jamais de chance, moi ; tenez, l'autre jour, Caroline me dit : « Gribouille, va à la fontaine avec un seau et tu rempliras le baquet bien plein ! pour la lessive ! » Moi, je me dis : la fontaine est à 200 mètres, va me falloir au moins dix voyages, alors, qu'est-ce que je fais, je roule le baquet à la fontaine, avec le robinet je remplis le baquet bien plein pour la lessive... comme a dit Caroline... mais je t'en fiche, une fois le baquet plein... pas moyen de le bouger, j'étais là à le tirer de droite et de gauche... impossible, vous pensez... si j'étais embêté... et v'là la pluie qui se met à tomber... qu'est-ce que vous auriez fait à ma place ?...

LE BRIGADIER

J'aurais ouvert mon parapluie !

GRIBOUILLE

Moi, je me suis mis dans le baquet pour que la pluie me mouille pas...

LE BRIGADIER, *riant.*

Ça, c'était une idée...

GRIBOUILLE

J'y serais encore... Heureusement que M. Delmis, le maire, est venu à passer... Je lui explique la chose. « Vide le baquet, Gribouille », qu'il me dit... C'est ce que j'ai fait aussitôt. C'était pas malin, bien sûr, mais fallait y penser !

LE BRIGADIER, *riant.*

Évidemment !

GRIBOUILLE

Seulement, le soir, Caroline n'a pas eu son eau pour la lessive, alors qui est-ce qui a été grondé, comme toujours, c'est moi, naturellement.

CAROLINE

Je n'aurais pas dû le faire, car tes intentions sont toujours bonnes !...

GRIBOUILLE

Oui, mais comme mes intentions bonnes sont toujours mauvaises... j'aimerais mieux que mes intentions soient mauvaises pour qu'elles soient toujours bonnes... c'est pas votre avis, Brigadier ?...

LE BRIGADIER

Tout à fait !

GRIBOUILLE

Je vous le dis, je n'ai pas de chance.

LE BRIGADIER

C'est vrai... mais en tout cas, ta sœur et toi, vous pouvez compter sur moi !

GRIBOUILLE

Entre nous, c'est à la vie, à la mort.

LE BRIGADIER

Tu l'as dit... A la vie et à la mort... moi, j'aime mieux la vie... c'est plus gai... on vous la souhaite à tous les deux aussi bonne et aussi longue que possible... seulement pour vivre il faut manger, c'est l'heure de votre souper... on vous laisse... (*saluant*), Mam'zelle (*il serre fortement la main de Gribouille et sort.*)

SCENE III
CAROLINE, GRIBOUILLE.

GRIBOUILLE

Ça ! c'est un brave homme... tu me croiras si tu veux, j'aimerais devenir le parent d'un brave homme comme

TU LUI AS BIEN REMIS, A MADEMOISELLE ROSE, LE PAQUET DE ROBES?...

lui... Si tu l'épousais, le brigadier deviendrait mon frère... par exemple, faut pas qu'on l'embête, sans ça... je le disais encore à Mlle Rose, tout à l'heure...

CAROLINE, *effrayée.*

Que disais-tu à Mlle Rose ?

GRIBOUILLE

Que le brigadier n'aimait pas les histoires : elle est si méchante, qu'elle ferait arrêter tout le monde : suffit qu'elle est la bonne de Mme Delmis, la femme du maire, pour croire qu'elle est quelque chose dans le pays !...

CAROLINE

Mlle Rose est très influente auprès de Mme Delmis ! C'est notre intérêt d'être bien avec elle ! Ne l'oublie pas... Mais, dis-moi, Gribouille, tu lui as bien remis, à Mlle Rose, le paquet de robes ?...

GRIBOUILLE

Et même qu'elle a été très contente.

CAROLINE

Comment, très contente !

GRIBOUILLE

Oui, elle a été très contente que je lui apporte ces robes !

OUI. ELLE A ÉTÉ TRÈS CONTENTE QUE JE LUI APPORTE CES ROBES

CAROLINE

C'était tout naturel ! Je les avais promises pour aujourd'hui. Mlle Rose n'avait pas lieu de s'en montrer aussi contente que tu le dis !

GRIBOUILLE

En tout cas, elle l'était bien, je t'as-

sure ! La preuve, c'est que je rapporte deux parts de gâteaux, une pour toi... une pour moi, et qu'elle m'a embrassé sur les deux joues !

CAROLINE

Mlle Rose t'a embrassé !

GRIBOUILLE

Dame ! si ça lui fait plaisir de m'embrasser, elle est bien libre ! tu m'embrasses bien, toi !

CAROLINE

Tu es mon frère !

GRIBOUILLE

Elle n'est pas ma sœur, elle, heureusement !... Dis donc, si on mettait le couvert, j'ai une faim... (*Il soulève le couvercle d'une casserole*). Une soupe aux choux ! bon, j'aime ça... et le gâteau de Mlle Rose pour le dessert... Un verre pour Caroline... un verre pour moi... tiens, j'allais en mettre un troisième, celui de maman !... Suis-je bête... Gribouille, mon garçon, tu es bête ! cela ne te fait pas de peine d'être bête comme ça... Non... Hé bien, tant mieux !...

(*Regardant Caroline qui pleure*) Mais voyons, Caroline... pourquoi pleurer... puisque maman est heureuse... et ne souffre plus...

CAROLINE

Pense donc que nous ne la verrons plus... que nous n'entendrons plus sa voix...

GRIBOUILLE

Tiens, c'est vrai, ça... nous ne la verrons plus, nous ne l'entendrons plus, mais, fais comme moi, pense à son bonheur et tu ne pleureras plus. (*Il embrasse sa sœur.*)

CAROLINE, *souriant à travers ses larmes*

Oui, je te le promets... je ne pleurerai plus ! Et maintenant, Gribouille, mettons-nous à table... Demain, je dois me lever de bonne heure, j'ai les robes de Mme Grébu, la femme de l'adjoint, à commencer. J'ai promis de les livrer avant dimanche... je n'ai donc pas de temps à perdre.

(*On entend frapper à la porte.*)

Tiens, on dirait qu'on a frappé à la porte... qui donc peut venir chez nous, à pareille heure ?...

(*Gribouille s'est levé et est allé ouvrir.*)

SCENE IV
LES MÊMES, Mlle ROSE.

CAROLINE, *se levant.*

Bonsoir, mademoiselle Rose.

ROSE

Je n'ai que faire de vos bonsoirs, mademoiselle.

CAROLINE, *à Gribouille.*

Donne une chaise à Mlle Rose !

ROSE, *à Gribouille.*

Tu peux la garder pour toi, ta chaise... je ne viens pas ici pour m'asseoir, mais pour vous dire, mademoiselle, que je n'aime pas qu'on se moque de moi...

CAROLINE

Je m'en garderais, mademoiselle, croyez-le bien.

ROSE

Oui, oui, faites l'innocente... ça vous va... si vous croyez que je serai votre dupe... vous vous trompez... Est-ce que tout à l'heure, votre idiot de frère ne

m'a pas apporté les robes comme étant pour moi... alors qu'il aurait dû me dire qu'elles étaient pour Mme Delmis, ma maîtresse... J'en mets une et quelle n'est pas ma surprise d'entendre Mme Delmis, en pleine rue, me faire l'avanie de me réclamer cette robe comme lui appartenant !...

CAROLINE

Gribouille ne vous avait donc pas bien fait la commission.

GRIBOUILLE

J'ai donné le paquet à Mlle Rose comme tu me l'as dit.

ROSE

En me laissant croire que c'était un cadeau de votre part.

CAROLINE, *surprise.*

Un cadeau ?

ROSE

Oui, un cadeau... un présent que vous m'auriez fait... et j'ai été assez bête pour le penser ! Mais je devine vos intentions ! Elles sont claires. C'était pour me faire mal voir de ma maîtresse... avouez-le... Vous convoitez ma place, sans doute. Je vous en préviens, la place n'est pas fameuse, ma belle et si vous y entrez jamais, vous et votre imbécile de frère... vous n'y resterez pas huit jours... C'est moi qui vous le dis... Un sale perroquet, qui fait ses ordures partout... une maîtresse avare et grognon, des enfants insupportables... ah ! ah !... Vous en verrez de toutes les couleurs, et ce sera bien fait !

CAROLINE

Je n'ai jamais songé, mademoiselle Rose, à prendre votre place chez Mme Delmis, je l'affirme !

ROSE

C'est bon !... C'est bon !... avec vos mines de sainte toujours en prière, on sait ce que cela cache, mais, ne, vous

TAILLOCHON, DU MOULIN, ET BOURSIFLOT, L'ÉPICIER

inquiétez pas... votre réputation de couturière, je me charge de la soigner... elle se portera bien... c'est moi qui vous le dis ! Un coup de ciseaux par-ci... un pli par-là... une manche trop courte... une taille trop longue... Ah !... ah !... les belles robes de Mme Delmis, elles prendront quelque chose... et nous verrons si Caroline continuera à mériter tant d'éloges !

CAROLINE

Vous ne feriez pas une méchanceté pareille, mademoiselle Rose !

ROSE

Ah ! je me gênerai, et pourquoi donc que je me gênerai, pour le Pape ?...

GRIBOUILLE

Que veut-elle te faire, ma sœur ?... dis-le moi... je saurai bien l'en empêcher...

ROSE

Toi, je t'en défie bien, idiot !...

GRIBOUILLE

C'est ce que nous verrons, méchante vieille fille !

ROSE

Vieille fille... ah ! voyez-vous cela, vieille fille, à vingt-trois ans et toutes mes dents !

GRIBOUILLE

Et les mois de nourrice !

ROSE

Apprends que j'ai refusé plus de dix maris !...

GRIBOUILLE

Dix ! ah ! les noms, je vous en prie !... s'il y en a seulement trois...

ROSE

Taillochon, du moulin...

GRIBOUILLE

Un bossu ! (*riant*), une bosse plus grosse que lui, un museau de singe... Mme Taillochon !... Il lui faudra un escalier pour vous embrasser !... Voyons les autres !

ROSE

Boursiflot, l'épicier !

GRIBOUILLE

Boursiflot !... Boursiflot, l'épicier ! Du soir au matin aussi rond que ses tonneaux et aussi rouge que ses tomates, et voleur... ah ! ah ! à qui le tour à présent !

ROSE

Chalipotte, l'apothicaire.

« LE MISÉRABLE... L'ASSASSIN...
J'AI LE BRAS CASSÉ »

GRIBOUILLE

Chalipotte, l'apothicaire... c'est-y que vous cherchez un épouvantail à moineaux pour mettre dans votre jardin... ah ! ah ! Chalipotte *(saluant)*, mes compliments, Madame Chalipotte!

ROSE

Insolent ! je vais t'apprendre... *(elle veut donner une gifle à Gribouille qui esquive le coup avec une chaise contre laquelle le bras de Mlle Rose vient se heurter). Le misérable !... l'assassin... j'ai le bras cassé !...*

CAROLINE, *effrayée.*

Gribouille, qu'as-tu fait ! tu as blessé Mlle Rose ! Montrez-moi votre bras, Mademoiselle... Ce ne sera rien... une simple contusion... Gribouille, donne-moi le flacon de Millepertuis qui se trouve dans l'armoire ! Une compresse d'eau, d'abord !

ROSE

Aïe... aïe...

CAROLINE

Il faudra garder le pansement toute la nuit !

ROSE, *à Gribouille.*

Mais, tu entends, misérable, je me vengerai.

GRIBOUILLE

A votre disposition.

ROSE, *sur le point de sortir.*

Vous me le paierez tous les deux.

GRIBOUILLE

Pas trop cher, car nous ne sommes pas riches, vous savez !

ROSE, *en ouvrant la porte.*

Idiot ! imbécile ! crétin...

SCENE V
LES MEMES, M. DELMIS

M. DELMIS

Hé bien ! hé bien ! que se passe-t-il ! Rose que faites-vous ici, Mme Delmis vous cherche depuis une heure !... Vous avez laissé toute votre vaisselle en plan... et votre cuisine est dans le plus grand désordre.

ROSE

Gribouille m'a insultée !

M. DELMIS

Laissez Gribouille tranquille... et rentrez à la maison faire votre ouvrage.

(Rose sort.)

SCENE VI
M. DELMIS, CAROLINE, GRIBOUILLE

CAROLINE

Je suis confuse, Monsieur le Maire, que vous ayez pris la peine de venir.

M. DELMIS

Du tout, mon enfant, du tout... on m'avait dit Rose chez vous! et je suis venu en me promenant la quérir, de la part de ma femme... Que vous voulait Rose?

CAROLINE

Rien de grave !... Elle était venue s'expliquer avec Gribouille au sujet d'une confusion qu'elle avait commise... Gribouille lui ayant mal expliqué pour qui étaient les robes qu'il devait remettre! Ces robes étaient pour Mme Delmis, et Mlle Rose avait cru qu'elles étaient pour elle !...

M. DELMIS

La sotte!... S'imaginait-elle donc que vous lui en faisiez présent!... C'est une fille que je n'aime pas... Je la crois capable de toutes les méchancetés... Méfiez-vous-en! Malheureusement, elle a l'oreille de ma femme... Tout ce qu'elle peut y glisser de calomnies, le diable seul le sait! Ma femme m'écoute moins qu'elle... Mais patience... je ne désespère pas d'éclairer un jour Mme Delmis sur les véritables sentiments de sa bonne et de lui faire avoir son paquet!

GRIBOUILLE

Si Monsieur veut que je lui porte!

M. DELMIS, *riant*

Non ! non ! merci, je m'en charge !

CAROLINE

Que Monsieur soit indulgent ! Mlle Rose a besoin de gagner sa vie !

M. DELMIS

Pas plus que vous, ma pauvre enfant! Ah! si jamais je parvenais à débarrasser notre maison de cette peste... je vous prendrais volontiers à sa place!

CAROLINE

Vous n'y songez pas, Monsieur le Maire (*désignant son frère d'un geste muet*).

M. DELMIS

Votre frère ferait un excellent domestique : et je suis sûr que nous nous entendrions très bien tous les deux... N'est-ce pas, Gribouille?

GRIBOUILLE

Certainement! Tout le monde sait que je suis très gentil et que Monsieur n'est pas désagréable non plus; je n'en dirais pas autant de Madame!

M. DELMIS

Tu éprouves moins de sympathie pour ma femme?

GRIBOUILLE

C'est bien sûr que Monsieur ne s'imagine pas être beau et jeune comme Madame se croit!

M. DELMIS, *riant*.

Tu as raison, je me trouve même vieux et laid!

GRIBOUILLE

Monsieur exagère... Monsieur n'est pas très joli!...

CAROLINE

Que Monsieur le Maire excuse Gribouille... il ne sait pas ce qu'il dit!...

GRIBOUILLE

Comment! je ne sais pas ce que je dis!... Ose donc affirmer que Mme Delmis est jeune et jolie.

M. DELMIS

Gribouille parle franchement, j'aime cela! Seulement si, comme je l'espère, tu entres un jour à la maison avec ta sœur, retiens ta langue vis-à-vis de ma femme.

GRIBOUILLE

Et vis-à-vis de Monsieur!

M. DELMIS

A moi, tu pourras tout confier!

GRIBOUILLE

A la bonne heure!

M. DELMIS

Sans te gêner!

GRIBOUILLE

Si je ne suis pas content de Monsieur, je pourrai le lui dire!...

M. DELMIS

Absolument!

GRIBOUILLE

Monsieur peut croire que je ne serai pas difficile!

M. DELMIS

Je t'en remercie à l'avance!

CAROLINE

Gribouille, tu abuses de la bonté de M. Delmis!

M. DELMIS

Du tout! Gribouille le sait... Il a toute mon amitié! C'est pour cela que je souhaite qu'un jour, vous soyez tous les deux à notre service...

GRIBOUILLE

Quel bon maître nous aurions!

M. DELMIS

Et nous, quel bon domestique!... Qui sait, c'est une chose qui s'arrangera peut-être... j'y mettrai tout mon pouvoir... croyez-le... Tenez, dès ce soir, j'en dirai un mot à Madame Delmis. Je rentre pour cela... Ayez confiance (*avec affection*) ma bonne Caroline, ce serait la chose la plus heureuse qui pourrait nous arriver...

GRIBOUILLE

Il est certain qu'avec ma sœur et moi, Monsieur et Madame seraient rudement servis!

M. DELMIS, *riant*

Je n'en doute pas plus que toi... Bonsoir... mes enfants... J'ai hâte de causer de ce projet avec Madame Delmis. Je vous laisse... (*il sort*).

SCENE VII

GRIBOUILLE, CAROLINE

(*Ils se remettent à table*).

CAROLINE

Je ne te comprends pas, Gribouille, d'oser parler ainsi à Monsieur Delmis...

GRIBOUILLE

Tu vois bien que lui le comprend!... Il l'a dit, nous avons toute son amitié... Pour ma part, je serais très content d'entrer à son service... Tu ferais les robes de Madame... Moi, je servirais à table... C'est très facile, tu sais ! Thomas, le domestique de Madame Grébu m'a montré... On fait comme cela (*Il prend une carafe qu'il renverse à moitié*). Maudite carafe, elle a fait exprès pour me vexer... Tiens, cela t'apprendra. (*Il la jette par terre*).

CAROLINE

Gribouille!

GRIBOUILLE

Ce qui m'ennuie... c'est le perroquet... C'est méchant, un perroquet!... Ça mord..., c'est menteur..., et puis ça répète tout pour vous faire attraper... Enfin, on verra bien à s'arranger avec lui, mais dame, il ne faudra pas qu'il m'embête trop!... Sans cela! (*Il tire la nappe, et tout le couvert suit*).

RIDEAU

ACTE PREMIER

Chez Monsieur DELMIS

Un salon de petits rentiers. Un perroquet dans une cage. Des serins dans une autre. Buffet, etc., etc.

SCENE I
Mᵐᵉ DELMIS, ROSE

Mᵐᵉ Delmis, *à Rose, qui est entrée un instant après le lever du rideau.*

Je vous ai sonné, Rose... pour vous demander d'apporter les robes que Caroline a fait livrer hier pour moi! Il est bien sûr qu'elles iront parfaitement..., avec Caroline on peut être tranquille... C'est une si bonne ouvrière...

ROSE

Certainement !

Mᵐᵉ Delmis

Depuis cinq ans que Caroline me fait des toilettes, toutes ont été réussies!

ROSE

Espérons qu'il en sera toujours ainsi !

Mᵐᵉ Delmis

Vous n'en doutez pas!

ROSE

Madame sait : une chose qui est bonne aujourd'hui peut devenir mauvaise demain ! Madame n'est pas sans ignorer ce que l'on raconte en ville...

Mᵐᵉ Delmis

Je ne m'en doute pas !

ROSE

Je sais bien qu'il y a des gens si malintentionnés !

Mᵐᵉ Delmis

Que voulez-vous dire, Rose...

ROSE

Ce n'est pas moi qui répéterai les choses désobligeantes qui courent sur le compte de Caroline. Je m'en voudrais trop de lui faire tort dans l'esprit de Madame... Si par hasard, ce que l'on dit est vrai... Madame sera la première à s'en apercevoir... Je vais chercher les

MADEMOISELLE ROSE

robes de Madame... Madame les essaiera ici ou dans sa chambre?

Mᵐᵉ Delmis

Ici... je n'attends personne. (*Rose*

LE PERROQUET

Rose gentille... Rose pas battre Jacquot... Rose donner toujours du sucre à Jacquot...

(*Madame Delmis s'approche de la cage du perroquet et lui fait toutes sortes d'amitiés.*)

SCÈNE II
Mᵐᵉ DELMIS, M. DELMIS

M. DELMIS (*Il entre en lisant son journal. A sa femme.*)

Je ne vous gêne pas !...

Mᵐᵉ DELMIS

En aucune façon... (*un temps*). Dites-moi, avez-vous entendu dire quelque chose sur Caroline !...

M. DELMIS

Sur Caroline ?...

Mᵐᵉ DELMIS

Rose vient de faire allusion à certain bruit dont elle aurait eu l'écho.

M. DELMIS

Je me méfierais de ce que Rose peut dire au sujet de Caroline.

Mᵐᵉ DELMIS

Oui, je sais : l'une a toute votre sympathie et l'autre toute votre méfiance.

M. DELMIS

Vous exagérez... je crois seulement Rose très capable d'inventer quelque méchante histoire pour faire tort à cette honnête fille !... Je vous mets en garde contre elle, voilà tout ! (*reprenant son journal*) Vous permettez, c'est très intéressant !...

Mᵐᵉ DELMIS

Dites tout de suite que ma conversation vous ennuie.

M. DELMIS

Nullement !... mais le journal vient d'arriver, c'est du nouveau.

Mᵐᵉ DELMIS

Tandis que moi !

M. DELMIS

Vous, ma bonne amie, il y a trente-cinq ans que vous êtes arrivée !...

Mᵐᵉ DELMIS

C'est moins nouveau !

M. DELMIS *fait un geste qui dit sa pensée.*

SCÈNE III
LES MÊMES, ROSE

ROSE (*apportant les robes; durant cette scène, M. Delmis ne dit rien, mais suit la conversation avec des mimiques expressives.*)

Voici les robes !

Mᵐᵉ DELMIS

Voyons !... d'abord celle-ci... C'est Caroline qui m'en a conseillé la couleur...

ROSE

Pour aller avec le beau teint frais et jeune de Madame... j'aurais préféré pour ma part une nuance plus claire.

Mᵐᵉ DELMIS

Vous croyez !

ROSE

C'est dommage d'habiller Madame comme si elle avait soixante ans, alors qu'elle n'en paraît pas trente-cinq.

Mᵐᵉ DELMIS

Vous avez raison ! Une autre fois, je choisirai la couleur moi-même... Caroline n'y entend rien...

ROSE

Je n'aurais pas voulu le dire, mais, c'est tout à fait mon avis.

Mme DELMIS

Voyons si la robe va bien!... (*essayant de passer une manche*). Mais, c'est trop étroit !... (*faisant des efforts*). Mon bras n'entre pas dans la manche à moitié... Qu'est-ce que cela veut dire, Rose?...

ROSE

Je n'y comprends rien!... Caroline avait cependant bien pris les mesures!...

Mme DELMIS

Je suis très contrariée... Pourvu qu'il n'en soit pas ainsi de ma robe du soir... (*celle-ci est d'un rouge sang de bœuf.*) La manche va bien... mais c'est la taille... Regardez-moi cette taille..., c'est beaucoup trop juste... Enfin, où Caroline a-t-elle l'esprit maintenant!

ROSE

Madame n'a cependant pas engraissé, moi qui connais bien Madame, je peux assurer que Madame n'a pas pris un centimètre!

Mme DELMIS

N'est-ce pas!...

ROSE

Madame mettrait mes robes...

Mme DELMIS

Je le crois!

ROSE

Il y en a bien qui envieraient la taille de Madame..., pour ne citer que Madame Grébu.

Mme DELMIS

Je suis très mécontente... Faites venir Caroline, je veux essayer les autres en sa présence!...

ROSE

Bien, Madame!...

Mme DELMIS

C'est incompréhensible!

MON BRAS N'ENTRE PAS DANS LA MANCHE A MOITIÉ...

ROSE

En tout cas, cela confirme bien ce que j'avais entendu dire.

Mme DELMIS

Quoi donc!

ROSE

Que c'était la mère de Caroline qui taillait l'étoffe. Maintenant que la mère Thibault est morte, Caroline se trouve bien embarrassée...

Mme DELMIS

Vous n'auriez pas pu le dire plus tôt, sotte que vous êtes... Si toutes mes robes sont gâchées, ce sera de votre faute!... Je les aurais données à faire ailleurs!...

ROSE

Madame sait bien que je n'aurais pas aimé faire du tort à cette pauvre fille!...

Mᵐᵉ DELMIS

Vous aimez mieux me faire perdre de l'argent avec des robes qui ne seront pas mettables... Je suis très mécontente de vous, Rose, allez me chercher Caroline!...

ROSE

De suite, Madame! (*Elle sort.*)

SCÈNE IV
M. DELMIS, Mᵐᵉ DELMIS

Mᵐᵉ DELMIS

Vous avez entendu?

REGARDEZ-MOI CETTE TAILLE!...

M. DELMIS

Je n'ai pas perdu un mot de votre conversation avec Rose!

Mᵐᵉ DELMIS

Qu'en dites-vous?

M. DELMIS

Ce que j'en dis!

Mᵐᵉ DELMIS

Votre protégée accepte malhonnêtement un travail qu'elle n'est pas capable de faire.

M. DELMIS

Qui a dit cela?

Mᵐᵉ DELMIS

Vous l'avez entendu comme moi... c'est Rose!

M. DELMIS

Hé... hé! Rose a dit aussi que vous étiez jeune; or, ne nous cachons rien! J'ai soixante ans généreusement sonnés, et je crois qu'en prêtant bien l'oreille, on entendrait tinter les premiers coups de vos cinquante-huit printemps... Donc, Rose a un peu exagéré en parlant de votre jeunesse... si elle avait aussi exagéré au sujet de Caroline!

Mᵐᵉ DELMIS

Votre raisonnement est absurde..., et vous n'empêcherez pas que mes robes soient perdues...

M. DELMIS

Pardon!... Rose a-t-elle eu longtemps ces robes en sa possession?

Mᵐᵉ DELMIS

Gribouille les lui a apportées hier soir au moment de dîner!

M. DELMIS

Alors, je ne dis plus rien! Si Rose n'a eu à sa disposition vos robes que si peu de temps, mes hypothèses tombent à l'eau. Votre cameriste a raison : Caroline est une fille malhonnête et vous, ma chère amie, vous frisez encore la

jeunesse, je vous en félicite sincèrement!...

(*M. Delmis reprend la lecture de son
journal.*)

Mme Delmis, *triomphante.*

Pour une fois, Monsieur Delmis,
votre flair est donc en défaut !

M. Delmis

Je l'avoue.

SCENE V
LES MÊMES, Mme GRÉBU ,

Mme Grébu (*elle entre furieuse avec un
petit chien sous le bras*).

Ah! je vous en prie... voyez ce que
Caroline a fait de mes étoffes..., de mes
belles étoffes en pièces..., saccagées...,
coupées, salies..., en loques mes belles
étoffes.

Mme Delmis

Est-ce possible?... C'est abominable!...

Mme Grébu

Votre Rose m'avait prévenue ! Elle
m'avait dit : « Mme Grébu, méfiez-
« vous, Caroline ne sait pas couper...,
« c'est sa mère qui taillait l'ouvrage. »
Alors, vite, je dépêche le petit Thomas : « Cours vite chez Caroline, Thomas,... et demande-lui mes étoffes. »
« J'y cours, Madame Grébu, j'y cours »,
me répond le petit Thomas. Et voilà ce
qu'il me rapporte..., des loques, des
loques innommables..., des vieux chiffons... de mes belles étoffes... voilà ce
qu'elle a fait par vengeance..., parce
que je lui retirais ma commande...

Mme Delmis

Il faut l'arrêter, Monsieur le Maire,
sévissez!...

Mme Grébu

Il faut prévenir le brigadier.

Mme Delmis

Qu'on cerne sa maison!

ET VOILA CE QU'IL ME RAPPORTE... DES LOQUES
DES LOQUES INNOMMABLES

Mme Grébu

Qu'on enchaîne Gribouille!

Mme Delmis

Il faut que ce soir, lui et sa sœur,
soient sous les verrous! Vous entendez,
Monsieur le Maire, sous les verrous...

M. Delmis

Voulez-vous que je fasse demander la
troupe!

Mme Delmis

Oui..., oui... En attendant, j'ai cinq
robes perdues!

Mme Grébu

Vous aussi!...

Mme Delmis

Cinq robes pas mettables, ma chère,
mal coupées... trop étroites, compre-

nez-vous ça, Madame Grébu, trop étroites..., moi qui ne prends pas un centimètre...

Mᵐᵉ Grébu

C'est tout à fait comme moi!

Mᵐᵉ Delmis, *à son mari.*

Cette coquine ne nous échappera pas, malgré vous!

Mᵐᵉ Grébu

Elle me rendra mes étoffes!...

Mᵐᵉ Delmis

Elle réparera mes robes!...

M. Delmis

Pour l'amour du ciel! Mesdames, calmez-vous...

Mᵐᵉ Delmis

Quand on a toutes ses toilettes manquées...

Mᵐᵉ Grébu

Ses étoffes perdues!

Mᵐᵉ Delmis

C'est abominable!

Mᵐᵉ Grébu

C'est criminel!

Mᵐᵉ Delmis

Nous obtiendrons justice.

Mᵐᵉ Grébu

La coupable sera sévèrement punie!

M. Delmis

Donnez-lui au moins le temps de s'expliquer.

Mᵐᵉ Grébu

Ce n'est pas cela qui raccommodera mes étoffes.

Mᵐᵉ Delmis

Refera mes robes.

M. Delmis

Il y a peut-être une erreur dont Caroline n'est pas cause!

Mᵐᵉ Delmis

Je me demande ce qu'il faudrait qu'elle fasse pour que vous la jugiez coupable!

SCENE VI
LES MÊMES, CAROLINE

Caroline

Madame m'a fait demander?

M. Delmis

Oui... mon enfant, ma femme désirerait vous dire un mot.

Mᵐᵉ Delmis

Approchez, Mademoiselle!...

Mᵐᵉ Grébu

Nous savons tout, Mademoiselle!

Mᵐᵉ Delmis

Vous réparerez le mal que vous avez commis!

Caroline (*à Madame Grébu*)

Ah! pardon, Madame, justement en sortant de chez Madame Delmis, je serais passée chez vous!...

Mᵐᵉ Grébu

Je vous aurais bien reçue!

Caroline

Pour vous rendre vos étoffes... (*elle lui tend un paquet qu'elle avait sous le bras.*)

Mᵐᵉ Grébu

Mes étoffes...

Caroline

Une erreur de Gribouille, dont je vous demande mille pardons, a dû vous causer un grand mécontentement! Je lui avais dit : « Gribouille, va chercher « les robes de Madame Grébu, qui sont « *en pièces* dans le placard de ma « chambre, et fais-en bien soigneuse- « ment un paquet. »

M. Delmis, *à mi-voix.*

Je crois que je devine...

Caroline

Je ne me donne pas la peine de vérifier. Gribouille comprend qu'*en pièces*, veut dire des loques et des chiffons. Excusez-le... vous le connaissez!...

M. Delmis, *doucement.*

Gribouille est tout excusé!

Caroline

Et il remet à Thomas, bien emballé, tout ce qu'il a pu ramasser de chiffons et de vieilleries dans le placard.

Mᵐᵉ Delmis

Mais alors...

Mᵐᵉ Grébu

Et mes étoffes...

Caroline

M'étant aperçue de l'erreur, je vous les apporte avec toutes mes excuses, Madame...

M. Delmis

Je crois que je peux décommander la troupe...

Mᵐᵉ Grébu, *rassérénée.*

Mais aussi, ma bonne Caroline, pourquoi était-ce votre mère et non vous qui tailliez les robes ?...

Caroline

Pardon, Madame, je ne comprends pas!...

Mᵐᵉ Delmis

Tout le monde sait, Caroline, que la mort de votre mère vous enlève votre gagne-pain!

Caroline

Ma mère... mon gagne-pain...

Mᵐᵉ Delmis (*lui montrant les robes*).

Voyez... cette manche trop étroite... et ce corsage beaucoup trop juste, vous voulez donc faire croire à tout le monde que j'engraisse...

Caroline, *examinant la robe.*

Pardon, Madame... On a retouché à mon travail,... voyez plutôt... ce pli à la manche... tout cet ourlet refait au corsage... pour le raccourcir..., et ces coups de ciseaux donnés dans la doublure qui la font déborder de plusieurs centimètres... Ce n'est pas moi qui ai fait cela, voyez le fil est différent du mien... et les points larges et irréguliers...

Mᵐᵉ Grébu

Mais c'est indigne!...

Mᵐᵉ Delmis

Je n'y comprends rien!...

M. Delmis

Rose comprendrait peut-être mieux que vous!

Mᵐᵉ Delmis

Pourquoi parler de Rose!

M. Delmis

Parce que je pense à elle quand une mauvaise action semble avoir été commise!

Mᵐᵉ Grébu, *à Mᵐᵉ Delmis.*

Je croyais que Rose avait toute votre confiance!

Mme Delmis

Certainement... N'écoutez pas mon mari, il n'a pas le sens commun!...

M. Delmis

Dites-moi, Caroline, depuis quelle

*ROSE AVAIT EU MAILLE A PARTIR
AVEC GRIBOUILLE*

heure hier Rose est-elle en possession des robes de Mme Delmis.

Caroline

Depuis midi environ!

Mme Delmis

Comment, elle m'avait assuré que Gribouille les lui avait apportées seulement à sept heures!...

M. Delmis

Ne me disiez-vous pas hier que Rose avait eu maille à partir avec Gribouille ?...

Caroline

Oui, Monsieur, Gribouille s'était mal expliqué, et Mademoiselle Rose lui en

voulait d'une confusion qu'elle n'aurait jamais dû commettre!

M. Delmis

Rose s'était imaginée que Caroline lui faisait présent de vos propres robes!...

Mme Delmis, *furieuse.*

A merveille! Moi, qu'est-ce que j'aurais mis jeudi!... Celles de Rose...

Mme Grébu, *à part.*

Avec peine!

M. Delmis

Comprenez-vous, maintenant! Pour se venger de sa déception dont elle rendait responsable Gribouille, Rose n'a pas craint de faire le joli travail que nous venons de constater.

Caroline

Qu'il me sera, je crois, très possible de réparer!

M. Delmis

Rose n'en sera pas moins punie de sa méchanceté, et nous allons la congédier sur l'heure.

Caroline

Soyez indulgent, Monsieur le Maire.

Mme Delmis

Rose ne mérite aucune indulgence, et ce soir même, elle quittera notre maison!...

M. Delmis

Je vais moi-même le lui signifier à l'instant !

Caroline

Ces dames n'ont plus besoin de moi!

Mme Grébu

Emportez mes étoffes!... Je vous rends toute ma confiance.

Caroline

Madame est bien bonne! (*Elle salue et sort.*)

SCENE VII
LES MÊMES

Mme Delmis (*à Madame Grébu*)

Venez, ma bonne amie, laissons Monsieur Delmis à son œuvre de justice ! Il va débarrasser notre maison de cette peste... (*Ces dames sortent tout en parlant.*)

Mme Grébu

Qu'allez-vous prendre pour la remplacer... En ce moment, les domestiques... Me Piron cherche une cuisinière... (*le reste se perd*).

SCENE VIII
M. DELMIS, ROSE

(*Monsieur Delmis a tiré le cordon d'une sonnette. Rose entre.*)

Rose, *aimable.*

C'est Monsieur ou Madame qui m'a fait demander?

M. Delmis

C'est moi, Rose ! (*Un temps*). J'ai à vous parler! (*Un temps*). Dites-moi, Rose, votre conscience ne vous reproche rien?...

Rose

Que Monsieur veut-il que ma conscience me reproche !... J'ai toujours servi honnêtement mes maîtres..., défendu leurs intérêts..., veillé sur la maison...

M. Delmis, *ironique.*

Vous n'avez jamais fait tort à personne?...

Rose

Moi! Monsieur peut croire que moi, je pourrais faire tort à quelqu'un!

M. Delmis

Vous ne pensez pas que l'on pourrait vous soupçonner de quelque méfait...

Rose

Ce serait bien injuste!

M. Delmis

Alors, c'est donc toutes seules que les robes de Mme Delmis sont devenues ce qu'elles sont !...

Rose

Je ne comprends pas!...

M. Delmis

Vous ne comprenez pas qu'une main malhonnête, au risque de faire le plus grand tort à une brave fille... a commis cet acte abominable de gâcher son ouvrage.

Rose

Qui a pu faire une chose pareille ?

M. Delmis

Vous le demandez ! Regardez ! (*Il lui montre les robes.*)

Rose

Ce n'est pas moi que Monsieur soupçonne, je suppose...

M. Delmis

Dites mieux : c'est vous que j'accuse!...

Rose, *larmoyant.*

C'est une injustice!

M. Delmis

Croyez-vous?

Rose

Je me défendrai!...

M. Delmis

Si cela vous plaît! Mais moi, en attendant, je vous mets à la porte.

Rose

Monsieur me renvoie!...

M. Delmis

Sur l'heure!

Rose

Ah! mon Dieu... mon Dieu, que vais-je devenir!...

M. Delmis

Ce que vous voudrez!

Rose

Ah! c'est épouvantable! (*Elle feint de se trouver mal, M. Delmis saisissant un vase de fleurs plein d'eau, en verse copieusement le contenu sur la figure de Rose qui revient à elle aussitôt en hurlant.*)

M. Delmis

Souvenez-vous, Rose, de cet excellent procédé pour faire revenir les gens évanouis. De l'eau,... de l'eau, jusqu'à ce qu'ils soient tout à fait bien.

Rose

Je me vengerai.

M. Delmis

A votre aise... mais pour l'instant, débarrassez la maison de votre présence. Faites vos paquets ! Vous partirez dès demain.

Rose

Avec plaisir !... Ah ! j'en dirai de belles sur votre maison !

M. Delmis

Dites de ma maison tout ce que vous voudrez!...

Rose

Une sale boîte où les domestiques crèvent la faim.

M. Delmis

On ne le dirait pas à votre mine.

Rose

Ma mine est ce qu'elle veut! Ça ne vous regarde pas!

M. Delmis

Je vous prie de vous taire, insolente?...

Rose

Je me tairai quand je voudrai... et si vous n'êtes pas content... (*elle envoie un soufflet à M. Delmis et se précipite dehors.*)

M. Delmis

Mais quelle furie!... Le maire giflé par sa bonne, ah! par exemple! Je porterai plainte. Rose couchera en prison ce soir... J'avertirai le brigadier! (*Bruit de vaisselle brisée*). Ah ! mon Dieu ! qu'y a-t-il! On dirait des piles d'assiettes qui s'effondrent !

Mme Delmis

Pour l'amour du ciel ! Monsieur Delmis, accourez, Rose brise toute la vaisselle!...

M. Delmis

Est-ce possible!

Mme Delmis

Ecoutez! (*Bruit de vaisselle brisée*).

M. Delmis

C'est une lionne déchaînée! Allons, vite, volons au secours de nos légumiers. (*Rentrée en scène de tous les acteurs de l'acte, y compris le Brigadier, et c'est la poursuite de Rose, tandis qu'on entend le perroquet crier : Rose gentille... Rose pas battre Jacquot... Rose toujours donner du sucre à Jacquot...*)

RIDEAU

C'EST UNE LIONNE DÉCHAÎNÉE

ACTE II

CHEZ LES DELMIS

SCÈNE I
GRIBOUILLE ET CAROLINE

(C'est le matin, le frère et la sœur balaient et rangent le salon.)

GRIBOUILLE

Je te le dis, ma sœur, nous ne pouvions pas mieux tomber. Ah! les bons maîtres : certainement, Madame est un peu avare, elle se croit jeune et jolie... mais Monsieur... ah ! lui, c'est la crème... la crème des hommes et des crèmes. Fallait-il que Mlle Rose soit mauvaise pour n'avoir pas pu rester dans une place comme celle-là. Par exemple, elle en a fait du beau avant de s'en aller... la Rose.... toute la vaisselle en pièces... j'en ai enlevé plus d'un tombereau...

CAROLINE

Allons, Gribouille, ne cause pas tant, et finis ton ouvrage, et si quelqu'un vient pendant que je vais coiffer Madame, n'oublie pas de dire qu'elle est sortie!...

GRIBOUILLE

Oui, mais si tu crois que c'est bien de me faire mentir ainsi... Moi qui ai promis à Monsieur le Curé de dire toujours la vérité... La vérité, c'est impossible ici... Il faut affirmer toute la journée à Madame qu'elle est jolie. Et quand on est sûr qu'elle y est, dire à ses amies qu'elle n'y est pas!... Quelle drôle de maison...

CAROLINE

Je t'engage surtout à parler le moins possible à Madame!

GRIBOUILLE

Quand elle m'interroge?...

CAROLINE

Réponds-lui brièvement : oui ou non!

GRIBOUILLE

Et quand c'est ni oui, ni non?

CAROLINE

Dis que tu ne sais pas! C'est clair!

GRIBOUILLE

Comme le jour!...

CAROLINE, *dix heures sonnent.*

Dix heures! c'est l'heure d'aller coiffer Madame!... (*à Gribouille*) Et les fruits pour le grand dîner que Madame veut donner demain... Y as-tu pensé?...

GRIBOUILLE

Les voici... (*il montre une pyramide de fruits.*)

CAROLINE

Très bien... N'oublie pas qu'il faudra servir une compote... que tu verseras avec soin dans le compotier d'argent!... que Madame t'a montré...

GRIBOUILLE

Oui, oui, et tu verras j'ai une idée...

CAROLINE, *inquiète.*

Une idée...

GRIBOUILLE

Une excellente idée!

CAROLINE

Je me méfie un peu de tes idées.
(*Madame Delmis appelant : « Caroline ! »*)

CAROLINE

Madame appelle... j'y cours... (*à son frère*) Finis bien ton ouvrage, mais surtout ne touche à rien...

GRIBOUILLE

Comment!

CAROLINE

Ne touche qu'à ce qui t'est nécessaire : ton balai... tes brosses... ton plumeau (*Mme Delmis appelant : « Caroline ! »*) (*en sortant vite*) et ne casse rien!...

SCÈNE II

GRIBOUILLE, seul.

Je me demande ce que je pourrais bien casser : Rose a fait tout l'ouvrage... Cela ne va pas être commode de ne toucher rien... Allons bon : voilà que je viens de faire tomber le beau coussin de Madame Delmis... pas moyen de le ramasser... j'ai juré à Caroline de ne toucher à rien, tant pis, le coussin restera par terre... par exemple, pour balayer, il va me gêner. (*Il pousse le coussin avec son balai*). (*En balayant*). C'est drôle : Caroline se méfie de moi... elle craint toujours que je ne fasse une sottise... je lui montrerai qu'elle n'a pas besoin d'avoir peur... Ah ! N'oublions pas... Caroline m'a dit de préparer la compote... la compote toute seule, cela ne sera pas bien joli... je sais ce que je vais faire... Madame m'a dit de mettre de la mousse autour des fruits... je vais mettre aussi de la mousse dans le com-

potier... (*C'est ce qu'il fait*). Ensuite comme a dit Caroline, je verserai bien soigneusement la compote sur la mousse... là ça y est... Ah ! par exemple les fourmis ne sont pas contentes... les voilà toutes à la nage dans le sirop... si je n'avais pas peur qu'elles me

ALLONS BON, LES VOILA DANS LE JARDIN

piquent les doigts je les en retirerais volontiers... mais, les bêtes... ça n'a pas de reconnaissance pour ceux qui leur font du bien... tant pis, qu'elles se débrouillent toutes seules... (*il va poser le compotier sur une étagère avec les fruits*). (*On entend chanter des serins dans une cage*). Chantez !... chantez !... mes petits amis !... c'est de votre âge !... c'est gentil des serins... Seulement ce qu'ils doivent s'ennuyer d'être toujours enfermés... j'ai envie de leur ouvrir un peu la porte... ça leur fera plaisir... (*les serins s'envolent*) pas par là mes petits amis... pas par ici, la fenêtre est ouverte... allons bon les voilà dans le jardin... Courons vite fermer la grille pour qu'ils ne se sauvent pas, car ils auront beau se mettre à deux, je les défie bien de l'ouvrir !... (*Gribouille sort et revient vite*). Je suis tranquille... j'ai fermé la porte du jardin à double tour... Par ce beau soleil, ils vont être bien dehors !

(*On entend le perroquet*).

JACQUOT

Jacquot... Jacquot... pauvre Jacquot !... Gribouille a battu Jacquot...

GRIBOUILLE

Oui... oui, je sais qui t'a appris à dire cela, c'est Rose... c'est Rose pour m'ennuyer... pour me faire mal voir... Sale bête, menteur... dis un peu quand je t'ai battu... langue de vipère... Faut-il tout de même que ça soit mauvais un perroquet... car c'est pour me faire gronder qu'il dit cela ! Il espère qu'on va l'entendre !...

Tiens ! on sonne !... Ne l'oublions pas ! Madame est sortie... C'est un mensonge... voilà que je mens comme ce satané perroquet à présent... (*il va ouvrir*) quelle drôle de maison !...

SCENE III
GRIBOUILLE, Mme GRÉBU

Mme GRÉBU, *entrant*.

Ah ! c'est donc vrai, Gribouille, te voilà toi et ta sœur au service des Delmis.

GRIBOUILLE

Depuis huit jours, Madame !

Mme GRÉBU

Vous remplacez Rose !

GRIBOUILLE, *étendant les bras*.

Et nous ne cassons rien !
(*Il heurte une potiche qu'il rattrape.*)

Mme GRÉBU

Ta maîtresse n'est pas là !

GRIBOUILLE

Madame le voit bien !

Mme GRÉBU

Comment !

GRIBOUILLE

Madame voit bien que Madame Delmis n'est pas ici !

Mme GRÉBU

Ici... bien sûr, idiot... je ne suis pas aveugle ! mais je te demande si elle est sortie.

GRIBOUILLE

Où ça...

Mme GRÉBU

Dehors,... dans la rue !

GRIBOUILLE

Madame pense bien, qu'étant ici dans le salon... je ne peux pas voir si Madame Delmis est dans la rue... elle y est peut-être, c'est très possible qu'elle y soit... mais je n'en sais rien...

Mme GRÉBU, *à part*.

Ce garçon ferait perdre la tête à une épingle. (*Haut*). Enfin, Gribouille, où est ta maîtresse ?

GRIBOUILLE

Ça, Madame, elle peut être dans tant d'endroits différents que je ne saurais pas dire exactement dans lequel elle se trouve à présent...

Mme GRÉBU

C'est bon !... C'est bon !... je devine à tes réticences que ta maîtresse est sortie... Du reste, je venais surtout pour savoir si c'était vrai que vous étiez entrés en place ici... ta sœur et toi...

GRIBOUILLE JURE DE NE RIEN TOUCHER A
AUTRE CHOSE QU'A SON BALAI, SES BROSSES...

GRIBOUILLE

Madame le voit bien! je n'aurais pas un plumeau dans la main droite... et un torchon dans la main gauche si je n'étais pas au service de Madame Delmis...

Mme GRÉBU

Vous vous y plaisez!

GRIBOUILLE

Beaucoup!

Mme GRÉBU

On dit cependant que la maison ne vaut rien... qu'il y a beaucoup de travail et qu'on est peu payé!

GRIBOUILLE

Les maîtres sont excellents!

Mme GRÉBU

Si j'avais su que vous vouliez vous placer ta sœur et toi, je vous aurais pris volontiers chez moi : deux fois plus de gages et deux fois moins de travail.

GRIBOUILLE

Le travail ne nous fait pas peur et les gages que nous donnent Monsieur et Madame Delmis sont suffisants!

Mme GRÉBU

Soit... n'en parlons plus... Madame Delmis vous a pris, je désire vivement que vous fassiez son affaire... C'est une amie que j'aime beaucoup.

GRIBOUILLE

Ça se voit!

Mme GRÉBU

Que dis-tu!

GRIBOUILLE

Je dis qu'on voit bien que Madame Grébu aime beaucoup Madame Delmis.

Mme GRÉBU

Certainement, aussi n'est-ce pas, dis

bien à ta sœur, chez moi, cent francs de plus par an... le café, le sucre et le vin, je n'enferme rien...

GRIBOUILLE

Si le vin est mauvais, Madame a raison de ne pas l'enfermer... Je ne manquerai pas de faire la commission à Caroline.

Mme GRÉBU

Et si Madame Delmis n'est pas bonne pour vous!...

GRIBOUILLE

J'irai le dire à Madame!

Mme GRÉBU

Chut!...

GRIBOUILLE, *même jeu.*

Chut!...

Mme GRÉBU

Rose a été très malheureuse chez elle! Une si brave fille.

GRIBOUILLE

Si Madame désire la prendre, elle est à placer! Madame fera simplement un peu attention à la vaisselle!...

Mme GRÉBU

J'aime beaucoup Madame Delmis, seulement... il faut bien reconnaître les défauts des gens qu'on aime... tout le monde sait bien qu'elle est insupportable pour les domestiques... elle se ruine en toilette... et ne nourrit pas son personnel... tandis que chez moi, le vin... le café... le sucre...

GRIBOUILLE

Madame n'enferme rien!

Mme GRÉBU

Rien... Ce n'est pas comme ici, j'en suis sûre... Dis-le bien à ta sœur, ma maison vous est ouverte.

GRIBOUILLE

Oui, puisque Madame n'enferme rien!

Mme GRÉBU

Le vin... le sucre... le café...

GRIBOUILLE

Le café... le sucre... le vin...

Mme GRÉBU

Au revoir... (*en sortant*) le vin... le café...

GRIBOUILLE

Le sucre...

M^mo GRÉBU

Je n'enferme rien... (*Elle sort.*)

SCENE IV
GRIBOUILLE

GRIBOUILLE

Oui, mais la première fois qu'elle revient ici, moi je lui ferme la porte au nez... En voilà une amie... elle aime beaucoup Madame Delmis... seulement elle en dit tout le mal qu'elle peut, et si elle pouvait nous faire partir d'ici pour nous prendre à son service... elle le ferait volontiers... Ah! quelle drôle de maison...

JACQUOT

Jacquot... Jacquot... pauvre Jacquot! Gribouille a battu Jacquot...

GRIBOUILLE

Encore... Ah!... mais mon vieux... cela va se gâter... tu sais bien que je ne t'ai jamais battu... mais si tu ne clos pas ton sale bec... c'est une chose qui pourrait bien arriver... non, mais voyez-vous ça, espèce d'emplumé... je ne suis pas méchant, mais je ne supporterai pas que tu parles ainsi pour me faire attraper par ma maîtresse.

SCENE V
M^mo DELMIS, CAROLINE, GRIBOUILLE

Mme DELMIS, *entrant, elle est superbement coiffée, suivie de Caroline.*

Hé bien! Gribouille, avec qui donc discours-tu si fort : tu parles tout seul maintenant.

JACQUOT... JACQUOT... PAUVRE JACQUOT!...
GRIBOUILLE A BATTU JACQUOT...

GRIBOUILLE

Madame sait, ça distrait un peu de parler.

M^mo DELMIS

Mais voyons, Gribouille, ramasse ce coussin.

GRIBOUILLE

Impossible, Madame, impossible, j'ai juré.

M^mo DELMIS

Comment!

GRIBOUILLE

Je le répète à Madame... j'ai juré...

Mᵐᵉ DELMIS

Juré quoi?...

GRIBOUILLE

J'ai juré à Caroline de ne toucher qu'à mon balai et à mon plumeau.

Mᵐᵉ DELMIS

Et moi, je te répète de ramasser ce coussin...

GRIBOUILLE

C'est bien pour faire plaisir à Madame... (*il ramasse le coussin.*)

Mᵐᵉ DELMIS

Qui donc a sonné tout à l'heure?

GRIBOUILLE

C'est Madame Grébu, l'amie de Madame!

Mᵐᵉ DELMIS

Une mauvaise langue! Ah! mes pauvres enfants, je n'aurais pas voulu vous voir entrer chez elle! une femme qui regarde à tout... qui compte les morceaux de sucre... mesure le vin... pèse le café, c'est une amie que j'aime beaucoup, mais cela ne m'empêche pas de dire ce que j'en pense !

GRIBOUILLE

Madame Grébu est bien contente que Madame nous ait à son service... elle dit que Madame a bien de la chance d'avoir des domestiques comme nous...

CAROLINE

Il ne faut pas se vanter ainsi. C'est nous surtout qui devons être heureux d'avoir de si bons maîtres!

GRIBOUILLE

Je répète ce qu'a dit Madame Grébu... Du reste, tout le monde sait bien que Monsieur et Madame vont avoir de parfaits domestiques!

Mᵐᵉ DELMIS

Je sais en effet que j'aurai toute satisfaction avec vous!

GRIBOUILLE

Madame ne peut pas en douter... Je commencerai donc par faire compliment à Madame, comme elle est bien coiffée...

Mᵐᵉ DELMIS

C'est l'ouvrage de Caroline. '

GRIBOUILLE

Je sais bien que Madame n'aurait pu se coiffer ainsi toute seule.

CAROLINE

Certainement! c'est plus difficile! Mais avec les beaux cheveux de Madame on arrive à tout...

Mᵐᵉ DELMIS, *se regardant dans la glace.*

Pour ma part, je suis ravie...

GRIBOUILLE

Seulement, Madame ne trouve pas que, pour Madame, cette coiffure fait un peu jeune?...

Mᵐᵉ DELMIS

Un peu jeune, mais sais-tu bien que je n'ai pas quarante ans!...

GRIBOUILLE

Ça, on voit bien que Madame a beaucoup plus, Madame n'a pas besoin de le dire...

Mᵐᵉ DELMIS

Insolent!

CAROLINE

Que Madame excuse Gribouille, il est bien incapable de discerner l'âge des gens. J'ai fait une coiffure qui va on ne peut mieux à Madame, tout le monde le trouve, c'est l'essentiel.

« AH! MAIS.. CELA VA SE GATER...
SI TU NE CLOS PAS TON SALE BEC... »

Mme DELMIS

C'est tout à fait mon avis...

SCÈNE VI
LES MÊMES, ÉMILIE ET GEORGES, PUIS M. DELMIS.

LES ENFANTS, *ensemble.*

Nous pouvons entrer?

« MADAME VA VOIR... C'EST ENCORE MIEUX... »

Mme DELMIS

Certainement!

ÉMILIE ET GEORGES

Bonjour maman... Bonjour Caroline... Bonjour Gribouille...

ÉMILIE, *à sa mère.*

Comme tu es bien coiffée grand'mère!

Mme DELMIS

Félicite Caroline!

GEORGES

Comme cela te va bien!

Mme DELMIS

Tu trouves!

ÉMILIE

Coiffe-toi toujours ainsi.

Mme DELMIS

Gribouille trouve cette coiffure trop jeune pour moi.

LES ENFANTS

Ah!... Ah!... comme si Gribouille s'y connaissait en coiffure... ah!... ah!...

GRIBOUILLE

Mais certainement...

M. DELMIS, *qui était entré.*

Je trouve cela aussi très joli, mais un peu encombrant..., supposez que deux ou trois de vos amies soient ainsi arrangées! on ne pourra plus remuer dans le salon sans risquer une catastrophe!...

GRIBOUILLE

Monsieur a raison.

Mme DELMIS, *à son mari.*

Vous devez être bien flatté, mon ami... mais toi, Gribouille... je te dispense de tes réflexions...; pour l'instant porte ce mot à Madame Grébu de ma part... Je la convie à dîner, ainsi que son mari, avec différents de nos amis. Ce sera pour toi l'occasion de mettre un beau couvert, et de te révéler un parfait maître d'hôtel...

GRIBOUILLE

Madame peut être assurée que je ferai de mon mieux...

Mme DELMIS

A ce propos... as-tu pensé à préparer les fruits avec de la mousse ainsi que je te l'avais dit.

GRIBOUILLE

Les voici...

Mme DELMIS

Ils sont fort bien disposés; je te fais tous mes compliments.

« GRIBOUILLE, QU'AS-TU FAIT LA ? »

GRIBOUILLE, *ravi.*

J'étais bien sûr que Madame serait très contente...

Mme DELMIS

Et la compote d'abricots?...

GRIBOUILLE

Madame va voir... c'est encore mieux... (*Gribouille apporte le compotier*).

Mme DELMIS, *épouvantée.*

Quelle horreur...

M. DELMIS

Qu'y a-t-il donc?...

Mme DELMIS

Gribouille a mis la mousse dans la compote...

GRIBOUILLE

Pardon, Madame, dans le compotier...

Mme DELMIS

C'est la même chose... voyons. La mousse nage dans le sirop avec les fourmis et toute espèce de saletés.

CAROLINE

Gribouille, qu'as-tu fait là?

GRIBOUILLE

C'est Madame qui m'avait recommandé de bien arranger les fruits sur de la mousse.

Mme DELMIS

Ceux du jardin...

GRIBOUILLE

Je croyais...

M. DELMIS

Ce n'est pas irréparable, les fruits, cette année, sont abondants. Caroline nous refera une autre compote pour demain.

Mme DELMIS

Vous croyez, Caroline?...

CAROLINE

Bien facilement... je suis désolée, Madame, que Gribouille ait commis cette maladresse.

EMILIE, *voyant la cage ouverte.*

Tiens, par exemple... la cage des serins est ouverte...

GEORGES

Pas possible...

EMILIE

Qui a fait cela?...

GRIBOUILLE

C'est moi, Mademoiselle.

GEORGES

Comment?

GRIBOUILLE

Ces pauvres bêtes avaient l'air de s'ennuyer, alors comme il faisait beau, j'ai ouvert la fenêtre et les serins ont été faire un petit tour dans le jardin.

GEORGES

Imbécile...

EMILIE, *pleurant à moitié.*

Ils ne reviendront plus...

GRIBOUILLE

Si fait, Mademoiselle, si fait... Mademoiselle pense bien que je n'ai pas lâché les serins sans savoir ce que je faisais...

EMILIE

Eh bien?...

GRIBOUILLE

Les serins font un petit tour dehors...

GRIBOUILLE PLEURANT : « MADAME EST BIEN BONNE »

mais comme j'ai eu soin de pousser la porte du jardin, en voyant tout fermé, ils ne tarderont pas à rentrer... car ils

PARDON, MADAME

n'auront pas la force d'ouvrir la grille, certainement.

GEORGES

Mon pauvre Gribouille, ce que tu dis là... est idiot... Ils voleront par-dessus.

EMILIE

Mes serins sont perdus...

GRIBOUILLE

Puisque j'assure à Mademoiselle que j'ai fermé la grille... j'ai fait ce que j'ai pu... fallait-il m'envoler après eux... est-ce que j'ai des ailes, moi?...

M. DELMIS

Gribouille, tu viens de faire une sottise qui prive mes enfants de leurs oiseaux favoris... ne cherche pas à t'en excuser... tu ne le pourrais pas... j'es-

père que cela te servira de leçon... pour ne pas recommencer...

GRIBOUILLE, *pleurant.*

Monsieur reconnaîtra bien que ce n'est pas de ma faute : on a beau être domestique, on a tout de même du cœur... ces pauvres oiseaux avaient l'air si malheureux que j'en ai eu pitié.

Mme DELMIS

Allons Gribouille... cela suffit, je te le répète, tu n'as aucune bonne raison à invoquer. C'est ta première grosse sottise... nous te le pardonnons... n'en commets pas d'autre...

GRIBOUILLE, *pleurant.*

Madame est bien bonne...

CAROLINE

Je remercie bien Madame.

Mme DELMIS, *à Gribouille.*

Et maintenant, va faire la commission dont je t'ai chargé... Ne perds pas de temps... c'est à deux pas d'ici et reviens de suite. Quant à vous, mes enfants, allez achever votre toilette avec Caroline.

(Tous sortent à l'exception de M. et Mme Delmis.)

SCÈNE VII
M. DELMIS, Mme DELMIS.

Mme DELMIS

Je crains bien que ce pauvre Gribouille n'ait de la peine à se mettre à son service.

M. DELMIS

Pourquoi pensez-vous cela?

Mme DELMIS

Parce que c'est à chaque instant qu'il y a quelque chose à lui reprocher.

M. Delmis

Qui vous l'a dit?

Mᵐᵉ Delmis

Je le vois bien et sa sœur aussi. La pauvre Caroline est sur les épines, tant elle redoute à chaque instant une gaucherie de sa part.

M. Delmis

Vraiment.

Mᵐᵉ Delmis

Vous avez vu ce qu'il a fait de la compote, si Caroline ne prend pas la peine de tout lui expliquer, il fera n'importe quelle maladresse.

M. Delmis

Elles ne seront jamais bien graves.

Mᵐᵉ Delmis

Evidemment il ne nous tuera ni les uns ni les autres…, mais hier il m'a fait perdre une heure.

M. Delmis

Comment cela?

Mᵐᵉ Delmis

En descendant hier matin, j'ai trouvé toutes les pièces du bas fermées à clé, j'ai dû attendre que Gribouille veuille bien ouvrir, car il voulait jouir de ma surprise en les voyant parfaitement faites.

M. Delmis

Il est certain que c'est reluisant de propreté.

Le Perroquet

Jacquot… pauvre Jacquot… Gribouille a battu Jacquot…

Mᵐᵉ Delmis

Vous entendez, serait-ce vrai?… ah!… je ne supporterai pas que Gribouille fasse souffrir Jacquot…

M. Delmis

Ma chère amie, vous n'allez pas tenir compte des propos d'un misérable perroquet, pour soupçonner de cruauté ce brave garçon…

Mᵐᵉ Delmis

Vous le défendez toujours…

M. Delmis

Parce que sous ces dehors un peu gauches, et son air naïf… il cache un excellent cœur.

Mᵐᵉ Delmis

Ce n'est pas comme Rose…

M. Delmis

Après sa conduite à la maison,

j'avais dit que je la ferais arrêter par le brigadier… je n'aurais pas eu tort. La voilà maintenant acoquinée, dit-on, avec ce gredin de Michel… ils font un beau couple tous les deux. Ils pourraient bien un jour ou l'autre donner du fil à retordre à la justice.

Mme DELMIS

Ah !... mon ami, vous me faites peur...

LE BRIGADIER LIAIT MADEMOISELLE ROSE

SCENE VIII
LES MÊMES, GRIBOUILLE.

GRIBOUILLE, *entrant, essouflé.*

Ah ! mon Dieu... Monsieur le Maire... (*à Mme Delmis, dont il a bousculé la table et renversé un vase de fleurs.*) Pardon, Madame, c'est Rose... non, c'est moi qui ai renversé ce vase... un vase, faut toujours que ça tombe... c'est Rose... Monsieur le Maire... c'est Rose qui a enchaîné le brigadier... Non, c'est M. le Maire... non, c'est le brigadier qui a enchaîné Mlle Rose dans la grange de la ruelle de la maison de M. le Curé. Il vous demande ce qu'il doit en faire !

M. DELMIS

De M. le Curé ?...

GRIBOUILLE

De Rose : elle est liée et bien gardée, alors le brigadier voudrait savoir ce qu'il faut faire de Mlle Rose.

M. DELMIS, *à sa femme.*

Il est fou, ce garçon !
Qu'est-ce que tu me chantes-là ?

GRIBOUILLE, *s'embrouillant.*

Je dis que dans la grange de la ruelle, du coin de la maison du bourg de M. le Curé, le brigadier a enchaîné Mlle Rose, alors il vous prie d'y aller.

M. DELMIS

Où cela ?

GRIBOUILLE

Dans la ruelle de la grange... de la maison du coin de M. le Curé, pardi !

M. DELMIS

Pourquoi est-il nécessaire que j'aille dans la grange ?

GRIBOUILLE

Je n'en sais rien ; c'est le brigadier qui a pris Mlle Rose.

M. DELMIS

Pourquoi l'a-t-il prise ?

GRIBOUILLE

Allez l'interroger ! Elle avait faim... Je vais lui chercher du pain! Je me cogne contre le brigadier... Je cache Mlle Rose derrière un tas de foin... Je sors, le brigadier rentre. Je reviens, je trouve en rentrant le brigadier qui était rentré pendant que j'étais sorti... sans que je l'aie vu rentrer... qui liait Mlle Rose... alors il m'envoie vous demander ce qu'il faut en faire et pourquoi il a lié ainsi Mlle Rose...

M. DELMIS

Il ne le sait pas !

GRIBOUILLE

Non, puisqu'il vous le demande !

M. Delmis

Ma parole, ils deviennent fous à la gendarmerie !

Gribouille

Je lui avais dit comme cela que ses camarades cherchaient Mlle Rose, et comme il ne savait pourquoi ses camarades cherchaient Mlle Rose, il l'a arrêtée.

M. Delmis

Je veux bien être pendu si je comprends quelque chose à toute cette histoire... Je vais aller voir... il y a sans doute quelque méprise là-dessous... quant à toi, Gribouille, reste à la maison, et si l'on me demande, dis que je reviens de suite...

Mme Delmis

Surtout, mon ami, ne vous exposez pas... ce gredin de Michel peut tenter de venir délivrer Rose... méfiez-vous... un crime est si vite commis...

M. Delmis

Ne craignez rien... Michel ne me fait pas peur et Rose encore moins.

Gribouille

Si Monsieur veut que je l'accompagne, je serai bien de taille à le défendre...

M. Delmis

Non, merci, mon ami, je me défendrai bien tout seul !

(M. et Mme Delmis sortent, cette dernière en continuant ses recommandations de prudence à son mari.)

SCENE IX

GRIBOUILLE, LE PERROQUET

Gribouille

Voilà un brave homme ! Ça, c'est sûr, c'est un brave homme. (Il tape sur une table et casse une petite soucoupe.) Allons bon, voilà bien ma déveine... je ne peux pas seulement dire ici de quelqu'un que c'est un brave homme sans casser quelque chose (il ramasse les morceaux de la soucoupe.) Ah ! c'est

ENCORE... C'EST POUR ME FAIRE GRONDER QUE TU DIS CELA !

trop fort... Quelle drôle de maison !...

Le Perroquet

Jacquot... Jacquot... pauvre Jacquot... Gribouille a battu Jacquot...

Gribouille

Encore... c'est pour me faire gronder que tu dis cela, mais cette fois j'en ai assez !

JE VAIS TE BATTRE POUR DE BON...

Le Perroquet

Pauvre Jacquot... Gribouille a battu Jacquot...

Gribouille

Oui... tu ne mentiras plus... tu pourras dire maintenant que je t'ai battu... vilaine bête, ce sera vrai... car je vais te battre pour de bon... (*Et Gribouille s'empare du Perroquet et lui administre une volée. On entend le Perroquet qui crie lamentablement*) : Pauvre Jacquot... Pauvre Jacquot... au secours... Pauvre Jac...

Gribouille, *le remettant dans sa cage.*

Et maintenant, ne recommence plus! Tiens, mais qu'est-ce qu'il lui prend...

il ne bouge pas... voilà qu'il fait le mort à présent... est-ce que j'aurais serré trop fort... C'est qu'il ne remue plus... Voyons, Jacquot, pas de bêtises, nous serons amis... Je t'assure, Jacquot, que nous serons amis... lève la tête... lève la tête, mon petit Jacquot, puisque je te dis que nous serons amis... Réponds-moi... tu ne vas pas me faire cette blague... Il ne bouge plus... Je vais lui donner un peu d'eau de fleurs d'oranger, sûrement que cela le remettra... Allons, bois, mon petit Jacquot: je te dis que c'est sucré ! Ah ! non, c'est sûr qu'il est mort ! (*Gribouille boit le flacon.*) Ils vont tous dire que c'est moi qui l'ai tué, Madame sera d'une colère ! Et Caroline ! Ah ! mon Dieu ! mon Dieu !... Que vais-je devenir... (*appelant*) Jacquot ! mon cher Jacquot... c'est ton... ami Gribouille !... il ne répond pas !... Ça y est... Jacquot est mort ! Je suis un assassin... un misérable assassin... Je vais aller en prison comme Rose... J'ai tué Jacquot ! Ah ! mon

AH! NON, C'EST SUR QU'IL EST MORT!

Dieu... mon Dieu !... Jacquot ne parle plus! Jacquot est mort!... (*Il tombe sur un siège en sanglotant.*)

RIDEAU

ACTE III

Chez les DELMIS

SCENE I
M. DELMIS, GRIBOUILLE

M. Delmis est assis à sa table et Gribouille est debout devant lui.

Gribouille

Ah ! Monsieur,... si Monsieur savait !

M. Delmis

Quoi donc...

Gribouille

J'ai tué...

M. Delmis, *sursautant.*

Hein !

Gribouille

Je le répète... J'ai tué...

M. Delmis

Tu as tué... tu as tué quelqu'un ! toi !...

Gribouille

Oui, Monsieur !

M. Delmis, *sursautant.*

Mais, c'est épouvantable ! Où cela ?

Gribouille

Ici !

M. Delmis

Ici ?...

Gribouille

Oui... M'sieur !

M. Delmis

Dans ma maison!... mais Gribouille, je ne puis pas croire que tu te sois laissé

aller à commettre un crime pareil !... chez moi !

Gribouille, *pleurant.*

Je suis perdu... déshonoré... Jacquot... Caroline... il mentait, Monsieur, il mentait !...

M. Delmis

Que me chantes-tu là, Gribouille!... je ne comprends pas... Voyons, explique-toi.

Gribouille

Il disait que je l'avais battu, pour que Madame le croie et que je sois grondé...

M. Delmis

Mais, qui disait cela ?

Gribouille

Jacquot !... Monsieur !...

M. Delmis

Jacquot !...

Gribouille

Aussi, j'ai fini par le battre pour qu'il ne dise plus de mensonges quand il disait que je l'avais battu...

M. Delmis

Et alors...

Gribouille

Et comme il criait... pour l'empêcher de crier plus fort et d'attirer Madame et Caroline par ses cris, je l'ai serré, alors il n'a plus crié !...

M. Delmis

Tu l'as étouffé...

Gribouille

Pardon ! Monsieur, c'est lui qui s'est étouffé, c'est lui-même en se débattant comme un possédé!... si bien que lorsque je l'ai lâché... Monsieur le croira s'il le veut... il était mort...

M. Delmis

Hé bien ! tu as fait là un joli coup !...

Gribouille, *pleurant.*

Ce n'est pas moi, Monsieur, c'est lui... lui qui a fait exprès de mourir... pour m'ennuyer, bien sûr... pour me faire attraper par Madame et Caroline.

M. Delmis, *agacé.*

Pas du tout !... c'est toi... et c'est bien toi qui as tué Jacquot !...

Gribouille, *pleurant.*

Est-ce que je savais !...

M. Delmis, *impatienté.*

Tu ne sais jamais rien... Tu as fait là une grave sottise... et je me demande, cette fois, comment ma femme va le prendre...

Gribouille, *à genoux.*

Monsieur, ne m'abandonnez pas !... pardonnez-moi...

M. Delmis

Certainement, je te pardonne... Malgré cela, je ne te vois pas dans de beaux draps...

Gribouille

Ça, pour les draps, Monsieur, c'est de la faute de Madame, qui nous a donné à Caroline et à moi, tout ce qu'il y avait de plus vieux et de plus usé dans la maison. Monsieur ne me refusera pas un conseil tout de même.

M. Delmis

Quel conseil pourrai-je te donner ?...

Gribouille

Si je savais quel conseil Monsieur va me donner, je ne demanderais pas à Monsieur de me conseiller, bien sûr...

M. Delmis, *réfléchissant.*

Il y a peut-être un moyen de nous tirer de là... Ma femme ne s'est-elle pas plainte hier qu'elle entendait des souris derrière ce placard...

Gribouille

Oui, Monsieur... j'ai même à cet effet préparé une souricière avec des noix toutes fraîches...

M. Delmis

A merveille, apporte la souricière ici.

Gribouille

Monsieur veut que...

M. Delmis

Oui... oui... va... (*Gribouille sort un instant et rapporte la souricière*) et Jacquot, où est-il ?...

Gribouille

Je l'ai caché derrière le coffre à bois... le voici !...

M. Delmis

Pauvre Jacquot !...

Gribouille

C'était mon ennemi, Monsieur ne va pas le plaindre, puisque Monsieur est mon ami...

M. Delmis

Sans doute... mais j'aimais ce pauvre animal. Il était drôle... et crois-moi il n'avait pas conscience de ce qu'il disait... enfin... c'est irréparable... l'essentiel maintenant, c'est que ma femme ne se doute de rien... Donne-moi la souricière !... Je vais introduire la tête de Jacquot dans le fil de fer qui sert à prendre les souris et l'on croira que Jacquot s'est étranglé en voulant atteindre la noix placée au fond du piège...

GRIBOUILLE, *battant des mains.*

Ah ! la bonne idée !... la bonne idée !... Ce que c'est tout de même que d'avoir de l'esprit, je n'aurais jamais trouvé cela, moi... Ah ! vraiment, Monsieur est un ami pour moi, un bon... un véritable ami... comme je remercie Monsieur... Me voici sauvé de Madame ! et Caroline !

M. DELMIS

Je te conseille de dire la vérité à Caroline !

GRIBOUILLE

C'est vrai, à une sœur on doit toujours dire la vérité, ce n'est pas comme à Madame !... D'abord, à Madame, on est bien forcé de ne pas dire la vérité, sans ça on serait obligé de lui dire des choses qui la fâcheraient...

M. DELMIS

Quelles choses ?

GRIBOUILLE

Monsieur sait bien !... Madame se croit jeune et jolie, or, Monsieur doit bien trouver aussi que Madame n'est ni jeune ni jolie...

M. DELMIS

Gribouille, je te prie de parler autrement de ma femme, sinon tu vas te brouiller avec moi !

GRIBOUILLE

Pas de danger !... Monsieur est mon

ami... un véritable ami... mon seul ami...

M. DELMIS

Certainement ! Mais pour que je le reste, je ne veux plus entendre certaines

JE VAIS INTRODUIRE LA TÊTE DE JACQUOT DANS LE FIL DE FER

taines paroles qui en atteignant Madame Delmis, me froissent aussi moi-même... tiens-le toi pour dit et maintenant, va terminer ton ouvrage. (*Gribouille sort et rentre aussitôt*) Monsieur c'est le brigadier... M. Bourget !

M. DELMIS

C'est bien, fais-le entrer !

SCENE II

M. DELMIS, LE BRIGADIER

LE BRIGADIER

Excusez-moi, Monsieur le Maire, mais je passais... alors comme ça j'ai voulu encore vous dire pardon, excuse, pour le dérangement qu'on vous a causé au sujet de Rose...

M. DELMIS

Du tout... mon ami... du tout...

LE BRIGADIER

Seulement, le bruit s'était répandu en ville qu'elle avait, sauf votre respect... fichu toute la vaisselle en bas chez vous et même attenté à la dignité de M. le Maire en le frappant... les camarades ont su cela et même que M. le Maire avait dit qu'on pourrait bien l'arrêter.

M. DELMIS

Certainement !

LE BRIGADIER

Moi, j'ai cru bien faire en l'arrêtant, puisque je croyais que M. le Maire avait dit de l'arrêter.

M. DELMIS

J'avais dit cela pour faire peur à Rose.

LE BRIGADIER

C'est alors qu'après l'avoir arrêtée, Monsieur le Maire est venu me dire de ne pas l'arrêter... je prie encore Monsieur le Maire de m'excuser... de l'avoir arrêtée... et c'est pour cela qu'en courant... je me suis arrêté chez Monsieur le Maire pour lui...

M. DELMIS

Mais oui, mon ami... c'est tout naturel... tout le monde peut se tromper, Rose aurait bien mérité en effet d'aller en prison...

LE BRIGADIER

Ça, Monsieur n'a pas tout à fait tort. Une mauvaise fille, qui tournera mal, c'est sûr !... Monsieur et Madame doivent trouver un changement avec Caro-

line... avec elle... c'est de l'ordre... de l'économie... de la gaîté... aussi. Moi, il me semble que partout où est Caroline, il ne doit pas y avoir d'ennui... rien qu'à la regarder, on se sent heureux... c'est comme du soleil qui entrerait par la fenêtre...

M. DELMIS

Caroline nous donne en effet toute satisfaction... mais, dites-moi, mon ami, vous semblez avoir pour Caroline une sympathie toute particulière.

LE BRIGADIER

Je l'avoue, Monsieur le Maire... je n'en souhaiterais pas d'autre pour femme, seulement, elle ne veut pas se séparer de Gribouille... elle ne veut pas donner la charge aux autres... à cause de son frère, elle ne se mariera jamais !... (*Il pleure.*) Ah ! c'est bien malheureux ! Monsieur le Maire, croyez bien, ce n'est pas de cela dont je voulais vous parler aujourd'hui ! (*presque à voix basse*), mais de ce bandit de Michel ! il médite, paraît-il, un mauvais coup... seulement, je ne voudrais pas risquer que quelqu'un puisse entendre.

M. DELMIS, *se levant.*

Venez par ici... nous serons plus tranquilles dans mon bureau! (*Appelant Gribouille*).

GRIBOUILLE, *paraissant.*

Monsieur !

M. DELMIS

Qu'on ne me dérange sous aucun prétexte, je suis avec le brigadier. Pour tout le monde, je suis sorti !

GRIBOUILLE

Bien, Monsieur !

SCENE III
GRIBOUILLE

Gʀɪʙouɪʟʟe, *seul.*

Oh ! oh !... Il faut croire que c'est sérieux pour que Monsieur dise qu'il est sorti... bien sûr, quelque histoire de crime... j'empêcherai qu'on les dérange... ils peuvent y compter...

SCENE IV
Mᵐᵉ DELMIS *entrant*, GRIBOUILLE.

Gribouille, en voyant entrer Mme Delmis, a poussé du pied, sous le rideau, la souricière dans laquelle est pris Jacquot.

Mᵐᵉ Dᴇʟᴍɪs, *appelant.*

Gribouille !

Gʀɪʙouɪʟʟe

Madame !...

Mᵐᵉ Dᴇʟᴍɪs

J'ai des lettres à écrire, si on me demande, dis que je n'y suis pas !...

Gʀɪʙouɪʟʟe

Oui, Madame !...

Mᵐᵉ Dᴇʟᴍɪs

Et profite de ce qu'il n'y a personne au salon pour le faire bien à fond.

Gʀɪʙouɪʟʟe

Ce sera fait ! Madame sait que je suis comme Madame, j'aime la propreté.
(*Mme Delmis sort.*)

SCENE V
GRIBOUILLE

Gʀɪʙouɪʟʟe, *seul.*

Si je disais aussi que je suis sorti, moi, quand on m'appelle... qu'est-ce qu'ils penseraient tous !...

SCENE VI
EMILIE, GRIBOUILLE.

Eᴍɪʟɪe, *appelant.*

Gribouille !

Gʀɪʙouɪʟʟe, *à part.*

Tiens, Mademoiselle Emilie... est-ce qu'elle va être aussi sortie ? (*Haut*) Mademoiselle ?

Eᴍɪʟɪe

Est-ce que Jacquot est là ?...

Gʀɪʙouɪʟʟe, *troublé.*

Jacquot !

Eᴍɪʟɪe

Oui...

Gʀɪʙouɪʟʟe

Non, Mademoiselle ! Mademoiselle voit bien que Jacquot n'est pas au salon !

Eᴍɪʟɪe

Où est-il ?

Gʀɪʙouɪʟʟe, *hésitant.*

Il est sorti !...

Eᴍɪʟɪe

Sorti !

Gʀɪʙouɪʟʟe

Dans la maison... Mademoiselle sait bien que Jacquot aime beaucoup se promener dans la maison !

Eᴍɪʟɪe, *s'en allant.*

Je vais tâcher de le trouver !

Gʀɪʙouɪʟʟe, *à part.*

J'espère que non !...

SCENE VII
GRIBOUILLE

Gʀɪʙouɪʟʟe, *se mettant à essuyer les meubles.*

Tout de même, quand Madame va

voir Jacquot dans la souricière... je me demande comment cela va se passer... pourvu qu'elle ne découvre pas que c'est moi qui l'ai étouffé... C'est que pour cela, elle serait bien capable de nous renvoyer sur l'heure, Caroline et

ON SONNE, GRIBOUILLE, VA OUVRIR.

moi... Tout de même, qu'est-ce qu'on deviendrait... est-ce de ma faute, si Jacquot mentait du soir au matin... Ce qui m'ennuie le plus, c'est que là-haut, il aura été dire à maman que c'est moi qui l'ai tué, il est si menteur !... Maman le croira... mais quand j'y arriverai à mon tour... je dirai bien à maman que ce n'est pas vrai ! On a sonné (*prêtant l'oreille*), on sonne même encore, (*criant*): Il n'y a personne (*frottant les meubles, et riant bêtement*). J'essuie... mais je n'y suis pas ! Je suis fatigué, moi, d'être toujours debout ! (*Il va s'asseoir avec son plumeau.*)

SCENE VIII
CAROLINE, GRIBOUILLE

CAROLINE, *appelant.*
Gribouille !

GRIBOUILLE
Je suis sorti !

CAROLINE
Comment !

GRIBOUILLE
Je suis sorti comme Madame et Monsieur.

CAROLINE
On sonne, Gribouille, va ouvrir... tu sais bien que Madame préfère que ce soit toi qui ouvre. (*On sonne encore*) Pour l'amour du ciel, dépêche-toi...

GRIBOUILLE
J'y vais... j'y vais... mais, tu sais, c'est bien pour l'amour du ciel !

SCENE IX
CAROLINE, Mme GRÉBU, *entrant, suivie de* GRIBOUILLE.

Mme GRÉBU
Madame Delmis est là ?...

GRIBOUILLE
Non, Madame !... Madame est dans sa chambre qui écrit des lettres... mais, c'est comme si Madame n'y était pas...

Mme GRÉBU
Madame Delmis me reçoit toujours, je suis une amie !

GRIBOUILLE
Oh ! Madame n'est pas une amie... Monsieur est ami pour moi, un ami qui me défend, qui me protège... qui dit du bien de moi-même quand je ne suis pas là, tandis que vous...

Mme GRÉBU
Comment !

GRIBOUILLE
Vous ne parleriez pas de Mme Delmis

MADAME GRÉBU CRIE AU SECOURS

comme vous en parlez si vous étiez son amie.

Mᵐᵉ Grébu

Impertinent !

Gribouille

A votre aise !

GRIBOUILLE LA SAISIT

Mᵐᵉ Grébu

Comment peut-on supporter dans sa maison un être pareil !

Gribouille

On ne l'y supportera peut-être plus bien longtemps !

Mᵐᵉ Grébu

Que veux-tu dire ?

Gribouille

Ce n'est pas à vous que je parle, c'est à moi. Et quand je parle avec moi-même, personne n'a le droit d'écouter... si, M. Delmis, parce que M. Delmis, c'est mon ami... mais pas vous...

Mᵐᵉ Grébu, à Caroline.

Ma chère enfant, si jamais Madame Delmis vous mettait à la porte, ma maison vous est ouverte !

Gribouille

Oui, oui... on le sait, vous n'enfermez rien !

Caroline

Je remercie bien Madame !...

Mᵐᵉ Grébu

Vous pourriez entrer à mon service dès demain.

Gribouille

Et moi...

Mᵐᵉ Grébu

Toi, jamais...

Caroline

Alors, Madame, où il n'y a pas de place pour Gribouille, il n'y a pas de place pour moi.

Gribouille

Ça, c'est une sœur, une vraie sœur !

Mᵐᵉ Grébu

Vous refusez d'entrer à mon service... C'est bien, Mademoiselle, je n'insiste pas, je vous souhaite le bonsoir, Mademoiselle. J'ai à parler à Mme Delmis, je monte dans sa chambre, malgré votre imbécile de frère !

LE BRIGADIER ACCOURT...

Gribouille

Vous ne monterez pas !

Mᵐᵉ Grébu, furieuse.

C'est ce que nous verrons !

Gribouille, lui barrant la route.

Parfaitement !

Mme GRÉBU

Une, deux, trois... je passe.

GRIBOUILLE

Une, deux, trois... vous ne passerez pas !

Mme GRÉBU

Je passerai !

GRIBOUILLE

Non !

Mme GRÉBU

Si !

GRIBOUILLE

Jamais! (*Mme Grébu veut bousculer Gribouille, qui la tire par sa robe. Mme Grébu tombe, Gribouille la maintient à terre. Mme Grébu crie au secours, et s'étant relevée dans un effort désespéré, veut passer. Gribouille la saisit à bras-le-corps. Mme Grébu appelant plus fort au secours, le brigadier, suivi du*

... « COMMENT! C'EST VOUS, MADAME? »...

maire, accourt et saisit à son tour Mme Grébu.)

(*Scène à arranger sur place.*)

LE BRIGADIER, *reconnaissant Mme Grébu.*

C'est vous, Madame ! Comment se fait-il ?

Mme GRÉBU

Je vais me plaindre au Maire.

M. DELMIS

Qu'y a-t-il donc, Madame Grébu ?

... ET SAISIT A SON TOUR MADAME GRÉBU

Mme GRÉBU

Il y a que Gribouille est un insolent... un brutal... je le ferai envoyer aux galères...

GRIBOUILLE

Pas un mot, ou je raconte tout.

Mme GRÉBU

Misérable !

GRIBOUILLE

Misérable, tant que vous voudrez, mais je vous tiens, la vieille !... Je raconte toutes les méchancetés que vous avez dites sur ma maîtresse... je m'en souviens... je n'en ai pas perdu un mot !...

Mme GRÉBU, *à part.*

Il le ferait, le gredin ! (*Haut.*) Laissez-moi sortir ! J'étouffe ! Brigadier, donnez-moi le bras... reconduisez-moi à la maison ! (*Ils sortent.*)

SCENE X
Mme DELMIS, CAROLINE, GRIBOUILLE, *puis* M. DELMIS.

Mme Delmis, *entrant.*

M'expliquerez-vous ce qui se passe... pourquoi ce tapage... pourquoi ces cris .. pourquoi Mme Grébu sort-elle au bras du brigadier !... comme s'ils allaient à la noce !

Gribouille

Parce que Mme Grébu voulait entrer de force chez Madame et que je l'en ai empêchée... elle voulait passer tout de même... en la retenant, je l'ai fait tomber... Le brigadier l'a relevée, et comme elle n'en pouvait plus, il l'a aidée à rentrer chez elle, voilà...

Mme Delmis

Oui, je le devine... tu as été grossier et brutal avec mon amie !

Gribouille

Drôle d'amie ! Une amie qui dit tout le mal possible de Madame ! Madame est avare, insupportable, ne pense qu'à ses robes, à ses dents, à ses cheveux !

Mme Delmis, *furieuse.*

Ah ! Caroline ! Je ne supporterai pas que votre frère me parle ainsi...

M. Delmis, *froid.*

Gribouille, tu exagères.

Caroline

Je crois, Madame, qu'il serait préférable, à mon grand regret, que nous quittions le service de Monsieur et Madame !

Mme Delmis

Votre frère, certainement ! Mais pas vous, ma bonne Caroline.

Caroline

Madame le sait, je n'abandonnerai jamais Gribouille !

Gribouille, *à part.*

Ça, c'est une sœur, une vraie sœur !

Mme Delmis

Il est cependant intolérable que Gribouille soit impertinent de la sorte !

SCENE XI
LES MÊMES, EMILIE et GEORGES

Emilie *et* Georges

Maman, nous cherchons partout Jacquot, sans pouvoir le trouver !

Mme Delmis

Jacquot, c'est vrai, je ne l'ai pas vu depuis ce matin.

Georges

C'est étrange !... Il vient toujours au moment de notre petit déjeuner chercher son morceau de sucre !... Ce matin, il n'est pas venu !...

Emilie

Gribouille sait peut-être où il est !

Gribouille, *effaré.*

Si je sais où est Jacquot ?

Mme Delmis

Tu as été toute la matinée dans la maison, tu as pu le voir.

Gribouille

Monsieur aussi était là !

Mme Delmis, *regardant son mari.*

Monsieur Delmis, vous n'auriez pas

aperçu... quelle drôle de figure vous faites, mon ami... (*regardant Gribouille*) Gribouille aussi.... qu'est-ce que cela veut dire...

EMILIE

Ah! voilà Jacquot... derrière le rideau on aperçoit un bout de son aile qui dépasse... (*appelant*) Jacquot... mon petit Jacquot... du sucre pour Jacquot!...

GEORGES

C'est singulier, il ne bouge pas...

GRIBOUILLE

Monsieur Georges sait bien que Jacquot n'est pas toujours très obéissant.

EMILIE

Je vais le prendre!

GRIBOUILLE

Que Mademoiselle se méfie... Jacquot n'aime pas qu'on le dérange!... du moment qu'il n'a pas répondu à l'invitation si gentille de Mademoiselle, c'est qu'il n'a pas envie de venir probablement... Mademoiselle risque de recevoir un coup de bec!...

EMILIE

Jacquot ne m'a jamais fait de mal!

GEORGES

Laisse-moi faire, Emilie, je vais le chercher!... (*Georges se baisse pour prendre Jacquot : stupeur générale de le voir dans la souricière.*)

Mme DELMIS

Ah! mon Dieu!... Jacquot s'est fait prendre dans la souricière.

EMILIE, *pleurant.*

Jacquot est mort!...

GEORGES

Il est tout froid, déjà...

Mme DELMIS

Gribouille! Comment Jacquot s'est-il étranglé?

GRIBOUILLE

Comment Madame veut-elle que je le sache! Jacquot n'avait pas l'habitude de me faire ses confidences. Jacquot était très gourmand, il aura voulu prendre les noix qui étaient destinées aux souris... Pauvres petites bêtes, elles ne sont cependant pas gorgées de friandise comme ce méchant Jacquot!

EMILIE, *pleurant.*

Méchant! il ne l'était pas avec nous!...

Mme DELMIS, *à Gribouille.*

Tu savais que Jacquot s'était étranglé?

GRIBOUILLE

Comment l'aurais-je su?...

Mme DELMIS

Ni mon mari, ni toi n'avez paru surpris de voir Jacquot dans la souricière, donc vous le saviez!...

GRIBOUILLE, *à M. Delmis.*

Monsieur, protégez-moi... vous m'avez promis de me protéger contre Madame... Vous êtes mon ami...

M. DELMIS, *impatienté.*

Laisse-moi tranquille !... J'en ai assez à la fin de toutes tes bêtises. Tire-toi d'affaire comme tu voudras... je ne me mêle plus de réparer tes maladresses...

(*M. Delmis sort en fermant violemment la porte.*)

SCENE XII
Mme DELMIS, CAROLINE, GRIBOUILLE

GRIBOUILLE

Ça, par exemple! C'est fort! en voilà un ami... C'est lui qui a passé la tête de Jacquot dans le fil de fer... puis au lieu de prendre ma défense... il me plante là.

Mme DELMIS

Qu'est-ce que tu dis... c'est mon mari qui a étranglé Jacquot?

GRIBOUILLE

Je n'ai pas dit cela !

Mme DELMIS

Alors, raconte... explique-nous ce qui s'est passé... parleras-tu, imbécile ? Jacquot était trop fin pour aller se faire prendre dans une souricière...

GRIBOUILLE

Madame sait donc!

Mme DELMIS

Avoue-le ! C'est toi qui as étranglé Jacquot !

GRIBOUILLE

Hé bien, oui là... c'est moi! Il m'insultait... à la longue, j'en ai eu assez... je l'ai tué...

CAROLINE

Tu as fait cela, Gribouille!

GRIBOUILLE

Mais c'est Monsieur qui l'a mis dans la souricière pour faire croire que Jacquot s'était étranglé.

Mme DELMIS, *au comble de la colère.*

Il n'en est pas moins vrai que c'est toi qui l'as tué.

GRIBOUILLE

Jacquot mentait!

Mme DELMIS

Ta cruauté n'a pas d'excuses... Ton compte est bon, je te chasse... je ne veux plus te voir ici (*à Caroline*) les insolences et les bêtises de votre frère n'avaient pas lassé ma bonté... Il vient de se montrer cruel envers une pauvre et innocente bête... il n'a plus droit à aucune indulgence de ma part, vous entendez, Caroline... Gribouille devra quitter ma maison sur l'heure !

CAROLINE

Madame le sait : je suivrai Gribouille.

Mme DELMIS

Mais, ce n'est pas vous que je renvoie!

CAROLINE

J'en demande pardon à Madame. Je suis entrée au service de Madame avec Gribouille. J'en partirai avec lui!

GRIBOUILLE, *à part.*

Ça, c'est une sœur : une vraie sœur.

Mme DELMIS

Ce n'est pas ce que je souhaitais! Gribouille aura fait son propre malheur et le vôtre par-dessus le marché, puisque vous vous entêtez à le suivre... à cela, je ne puis rien !... ma décision reste irrévocable !... vous partirez donc tous les deux !... allez !...

RIDEAU

ACTE IV

Chez CAROLINE

SCENE I
CAROLINE, M. DELMIS

(Caroline est debout devant la porte qu'elle ouvre à M. Delmis.)

CAROLINE

Excusez-moi, Monsieur le maire, je vous ai fait attendre...

M. DELMIS

Du tout, mon enfant, du tout.

CAROLINE

Je croyais que c'était Gribouille et j'achevais un ouvrage pressé...

M. DELMIS

Je le sais, vous ne restez jamais inactive, aussi, croyez-le bien tout le monde à la maison regrette Caroline, son empressement au travail, sa bonne humeur.

CAROLINE

Peut-être y regrette-t-on moins Gribouille.

M. DELMIS

Nous regrettons aussi Gribouille, croyez-le...

CAROLINE

Je n'osais l'espérer, je craignais tant que par ses réflexions naïves et souvent désobligeantes, sans le vouloir, Gribouille n'ait éloigné de nous Madame Delmis et ses amies. Gribouille les a indisposées souvent, sans mauvaise intention... mais vous le connaissez...

Gribouille ne mesure pas toujours la portée de ses paroles... ni de ses actes... d'où ses maladresses en tout genre... alors si pour nous punir de cela ces dames n'apportaient plus de travail ici... le pain nous manquerait bientôt... Je le sais, je dois compter sur la Providence...

M. DELMIS

Vous avez raison, car c'est moi, ma chère enfant, qui vous manifesterai son appui... voici qui vous aidera à rester quelque temps sans ouvrage! *(Il tend un billet à Caroline).*

CAROLINE

Ah ! Monsieur le Maire, comment vous remercier !

M. DELMIS

Ah! laissez donc, c'est un plaisir de donner... Au surplus, je ne crois pas vos inquiétudes fondées! admettons que ces dames aient gardé au fond d'elles-mêmes à l'égard de Gribouille, un reste d'hostilité : leur désir de retrouver le talent si apprécié de Caroline leur fera très vite oublier j'en suis sûr leurs petits démêlés avec son frère... mais où donc est ce brave garçon : je lui aurais volontiers serré la main à lui aussi!

CAROLINE

Gribouille est allé rechercher chez Monsieur le Maire les affaires que nous y avions encore laissées... Je suis étonnée qu'il ne soit pas revenu...

M. Delmis

Il aura peut-être rencontré en chemin son nouvel ami!

Caroline

Son nouvel ami!

M. Delmis

Leur amitié s'est scellée devant moi!...

Caroline, *rougissant.*

Je ne sais de quel ami de Gribouille Monsieur le Maire veut parler!

M. Delmis

Vraiment!

Caroline

Gribouille ne me tient pas toujours au courant de ses amitiés.

M. Delmis

Cependant cet ami de Gribouille, vous le connaissez... C'est un bon et loyal garçon qui éprouve pour vous une sympathie qu'il ne dissimule pas!...

Caroline

Cette sympathie il a eu la bonté de m'en faire part lui-même, plusieurs fois, dans des termes qui m'ont profondément touchée.

M. Delmis

Vous avez donc deviné de qui je voulais parler : tant mieux... ma tâche n'en sera que plus facile... Il y aurait là pour vous, Caroline, un mariage qui réjouirait tous ceux qui vous portent intérêt... mais pour quelle raison en semblez-vous presque attristée ?... n'éprouveriez-vous pas pour le brigadier Bourget les sentiments qu'il a pour vous-même?

Caroline

Monsieur le Maire pourrait en douter ?...

M. Delmis

Non certes... je m'étonne donc que vous n'apportiez pas à ce projet l'entrain... que j'aurais supposé...

Caroline

Il ne m'est pas permis de songer au mariage... que ce soit avec M. Bourget ou avec un autre...

M. Delmis

Pour quelles raisons ?...

Caroline

Si je me mariais, que deviendrait Gribouille?...

M. Delmis

C'est vrai, le brigadier Bourget m'a dit quels étaient vos scrupules à cet égard... Ne croyez-vous pas qu'il serait facile de placer Gribouille dans une maison où vous seriez parfaitement tranquille sur la façon dont il serait gardé et soigné...

Caroline

Abandonner Gribouille à des étrangers... me séparer de lui... quel bonheur pourrai-je envisager à ce prix... je n'en verrais aucun pour moi... encore moins pour lui... pour mon pauvre frère... dont je suis la seule et grande amitié... dites bien cela à Monsieur Bourget, je vous en prie... Son insistance me blesserait! Elle ne pourrait rien changer! Ma décision est irrévocable. Les motifs qui me l'ont fait prendre sont trop sérieux pour disparaître. Devant un devoir à remplir, nulle préférence ne doit compter...

M. Delmis

Ces sentiments vous honorent, ma

chère enfant... Devez-vous cependant leur sacrifier un avenir heureux et paisible, j'hésite à le croire...

CAROLINE

Monsieur le Maire, ne doit-on pas tenir ce que l'on a promis? Ici même j'ai juré à ma pauvre mère mourante que je n'abandonnerais jamais Gribouille. Cette promesse me trace un devoir... Je le remplis avec douceur aujourd'hui, car il s'agit d'un frère que j'aime tendrement et dont le bonheur me préoccupe plus que le mien... C'est cela, je le répète, Monsieur le Maire, qu'il faut que vous disiez bien à Monsieur Bourget... Vous l'assurerez aussi... que c'est lui que j'aurais choisi entre tous... si j'avais été libre de le faire...

M. DELMIS

Hé bien ! Soit !... moi non plus, je n'insiste pas...

CAROLINE

Je vous en prie...

M. DELMIS

Mais voyez comme l'on fait vite des projets. Je m'imaginais déjà que ceint de mon écharpe je vous verrais un jour devant moi sous le voile blanc de vos noces, aux côtés de ce brave garçon, et moi, tout ému, vous unissant avant Monsieur le Curé de toute la puissance de mon autorité...

CAROLINE

C'est un rêve qui ne se réalisera jamais... mais j'entends Gribouille, il ouvre la porte du jardin... il aurait été fâché de ne pouvoir dire bonjour à Monsieur le Maire!

M. DELMIS

Et moi de ne pas le voir...

SCENE II

LES MÊMES, GRIBOUILLE *entre, il est pâle et couvert de poussière.*

CAROLINE, *effrayée.*

Mais, que t'est-il arrivé ? Tu es couvert de poussière...

J'ÉTAIS RETOURNÉ CHERCHER CE QUE NOUS AVIONS LAISSÉ

M. DELMIS

Comme tu es pâle! Qu'as-tu donc, mon pauvre garçon!

GRIBOUILLE, *pleurant.*

Je n'ai rien, Monsieur le Maire..., je n'ai plus rien... ils m'ont tout volé... nos vêtements du dimanche... mes cravates... les belles robes de Caroline... nos chaussures neuves...

M. DELMIS

Mais qui t'a volé ?

GRIBOUILLE

Un homme et une femme...

CAROLINE

Ils ne t'ont pas blessé, au moins!...

GRIBOUILLE, *se tâtant.*

Je ne crois pas...

CAROLINE

Dis-nous : comment est-ce arrivé?...

GRIBOUILLE

Monsieur sait que Madame nous avait chassés ; ce qui s'appelle chassé... et bien chassé, car je crois que c'est chasser les gens... que de les chasser de chez soi en vingt-quatre heures ! je prie Monsieur de ne pas m'interrompre !...

*UN HOMME S'EST JETÉ SUR MOI...
JE SUIS TOMBÉ*

M. DELMIS

Je ne dis rien!

GRIBOUILLE

Non, Monsieur ne dit rien, bien entendu, Monsieur ne dit rien, mais n'étant plus l'ami de Monsieur... Monsieur pense tout bas : « Gribouille est bête... Gribouille m'ennuie ».

M. DELMIS

Je ne pense pas cela du tout, car je suis toujours ton ami!

GRIBOUILLE

Si Monsieur est toujours mon ami, je continue. Donc, nous étions bien chassés... ne pouvant pas emporter toutes nos affaires le même jour... j'étais retourné chercher ce que nous avions laissé!...

CAROLINE

C'est ce que j'avais dit à Monsieur!

M. DELMIS

Alors?...

GRIBOUILLE

En revenant avec mon paquet, au moment où je passais derrière le moulin... un homme s'est jeté sur moi par derrière... je suis tombé... en me relevant... je n'ai plus senti le paquet que je portais sur le dos, et j'ai vu un homme et une femme qui se sauvaient dans le bois...

M. DELMIS

Tu n'as pas pu les reconnaître?

GRIBOUILLE

Il m'a semblé que la femme était Mademoiselle Rose!...

M. DELMIS

Pas possible! C'est grave, un vol en pleine rue!... en plein jour!... Ne perdons pas une minute... Accompagne-moi chez le Brigadier, auquel tu vas tout raconter... Nous vous laissons, Caroline..., ce ne sera pas long... à tout à l'heure...

CAROLINE

J'ai de quoi m'occuper en votre absence! Monsieur le Curé m'a donné cette houppelande à lui faire pour l'hiver... c'est un long travail... (*Caroline se met au travail, mais bientôt après, on la voit porter son mouchoir à ses yeux et jetant un coup d'œil du côté du lit où est morte sa mère, elle va s'agenouiller à son chevet et y pleurer. Un instant se passe, on frappe à la porte*).

SCENE III
Mme GRÉBU, CAROLINE

Mme GRÉBU

C'est donc vrai, ma pauvre Caroline, Madame Delmis vous a renvoyés. Je la savais mauvaise, mais pas à ce point là... de braves gens comme vous...

CAROLINE

Madame avait ses raisons de ne pas nous garder, pour ma part je les approuve...

Mme GRÉBU

Vous êtes trop bonne... A votre place, pour la punir je refuserais de travailler pour elle... elle serait bien ennuyée!

CAROLINE

Je m'en voudrais d'user de ce mauvais procédé à l'égard de Madame Delmis... elle ne le mérite pas!...

Mme GRÉBU, *très aimable.*

J'espère, ma bonne Caroline, que vous ne me gardez pas rancune des mots un peu vifs que j'ai eus avec votre frère !

CAROLINE

Du tout, Madame!

Mme GRÉBU

Je me suis un peu emportée..., mais dans le fond j'ai beaucoup de sympathie pour Gribouille!

CAROLINE

J'en remercie bien Madame!

Mme GRÉBU

Certainement, Gribouille a quelquefois la langue un peu longue... tout le monde l'a un peu...

CAROLINE

Gribouille n'a pas de méchanceté !

Mme GRÉBU

J'en suis bien persuadée!... Madame Delmis en dit beaucoup de mal... soyez tranquille, je le défendrai... je ferai cela pour vous être agréable ma bonne Caroline... que ne ferait-on pas pour une si bonne ouvrière... (*très aimable*) Et Gribouille va bien!

CAROLINE

Très bien, Madame!

Mme GRÉBU

Quel brave garçon !

CAROLINE

Madame est trop bonne!

Mme GRÉBU

Je dis ce que je pense : j'ai beaucoup d'amitié pour Gribouille... beaucoup... Dites-moi, ma bonne Caroline...

CAROLINE

Madame...

Mme GRÉBU, *embarrassée.*

Je voulais vous demander... (*elle s'arrête*) Gribouille n'est pas là!

CAROLINE

Il a été faire une course!

Mme GRÉBU

J'aurais été si heureuse de le rencontrer... (*un temps*) Voilà ma bonne Caroline... Je voulais vous demander si je pourrais compter que vous ne refuseriez pas de travailler un peu pour moi...

CAROLINE

Très volontiers, Madame.

Mme GRÉBU

Vous seriez disposée!

CAROLINE

Madame ne peut en douter!

Mme GRÉBU

J'en suis ravie... figurez-vous, je craignais..., mais s'il n'en est rien, c'est à merveille... je vous enverrai les étoffes demain... mais ne dites pas que je suis venue chez vous, à cause de Madame Delmis... n'est-ce pas je suis son amie... vous ayant renvoyée, elle ne serait peut-être pas satisfaite... que je sois retournée chez vous... vous comprenez... ne peut-on pas sortir par ici... je risquerais moins d'être vue... c'est à cause, n'est-ce pas de Madame Delmis... Au revoir, ma bonne Caroline, faites à Gribouille toutes mes amitiés, c'est un si gentil garçon... dites-lui que je l'aime beaucoup... je vous enverrai les étoffes demain... au revoir... je suis contente... je suis très contente. (*Elle sort*).

SCENE IV
CAROLINE

CAROLINE, *seule*.

Je n'osais pas espérer que l'ouvrage me reviendrait si vite... certainement je ferai tout mon possible pour contenter Madame Grébu... Peut-être ainsi m'attirerai-je de nouvelles clientes ; c'est que je ne peux guère compter sur Gribouille pour nous gagner du pain... (*On frappe à la porte*). Entrez!

SCENE V
Mme DELMIS, CAROLINE

Mme DELMIS

Ma bonne Caroline... je passais devant chez vous...

CAROLINE

Madame est trop bonne!

Mme DELMIS, *embarrassée*.

Oui, n'est-ce pas, je passais... je passais dans la rue... alors en passant... j'ai voulu passer prendre de vos nouvelles...

CAROLINE

Je remercie bien Madame!

Mme DELMIS

Vous m'avez toujours donné toute satisfaction!

CAROLINE

J'ai fait mon possible pour cela!

Mme DELMIS

Vous savez, je n'en veux pas à Gribouille!...

CAROLINE

Gribouille n'est pas méchant!

Mme DELMIS

Je le sais bien... et dans le fond, j'ai beaucoup de sympathie pour lui!... beaucoup.

CAROLINE

Je n'en doute pas...

Mme DELMIS

J'espère, ma bonne Caroline, que nous resterons bonnes amies... Gribouille n'est pas là !

CAROLINE

Non, Madame... il a été justement jusque chez Madame rechercher nos affaires...

Mᵐᵉ **Delmis**

Cela m'aurait fait plaisir de le voir...
un si brave garçon... Dites-moi, ma
bonne Caroline, puis-je encore compter
que vous voudrez bien travailler pour
moi...

Caroline

Je suis à la disposition de Madame!

Mᵐᵉ **Delmis**

Je vous le confesse : je craignais un
peu, que vous ayant renvoyée, vous ne
vouliez plus peut-être que je restasse
votre cliente.

Caroline

Quelle idée Madame se faisait-elle de
moi!

Mᵐᵉ **Delmis**

J'aimerais tant vous confier encore de
l'ouvrage...

Caroline

Je le ferai avec plaisir !

Mᵐᵉ **Delmis**

J'en suis ravie... et moi qui m'imaginais... je vous le répète, j'avais peur...
seulement, je désirerais beaucoup que
vous ne parliez pas de ma visite. C'est
à cause de Madame Grébu et de mes
autres amies... ces dames s'étonneraient
que vous ayant congédiée, je continue
à venir chez vous pour mes toilettes...
Vous comprenez... Ce sont de bonnes
amies, je ne voudrais pas m'exposer à
leur critique.

Caroline

Madame a raison!

Mᵐᵉ **Delmis**

Je vous enverrai les étoffes demain...
au revoir, ma bonne Caroline et merci...
Ne peut-on pas sortir par cette porte...

Madame Grébu est toujours derrière ses
rideaux, par ici je risquerais moins...
d'être vue... au revoir, ma bonne Caroline, au revoir !... ne m'oubliez pas
auprès de Gribouille... je suis contente... je suis bien contente...

SCENE VI
CAROLINE

Caroline, *seule.*

Comment ces dames s'imaginaient-
elles que nous pourrions vivre Gribouille et moi... si je refusais le travail... Pour me venger d'elles?... Ma
pauvre mère m'a appris à avoir
d'autres sentiments pour ceux qui nous
ont fait du mal !...

SCENE VII
CAROLINE, M. DELMIS, GRIBOUILLE, LE BRIGADIER

M. Delmis

La chasse n'a pas été mauvaise!

Le Brigadier, *saluant Caroline.*
Mademoiselle!

Gribouille

Tu sais!... Tout est retrouvé!...

Caroline

Déjà!...

Gribouille, *désignant le Brigadier.*
Remercie le Brigadier!...

Caroline

Vraiment, je suis confuse!

Le Brigadier

Pour cette fois, Mademoiselle, je ne
mérite aucun remerciement! Ce sont
mes hommes qui ont tout fait! Ils
avaient reçu l'ordre ce matin de faire
une perquisition dans le galetas où ce

bandit de Michel a établi son repaire!
En compagnie de Rose, c'est bien lui
qui avait dépouillé votre frère. Mes
hommes ont retrouvé chez lui, quelques
heures après le vol, tout ce qui avait
été dérobé à Gribouille. A cette occasion, Michel croyant qu'il avait été trahi
par Rose, l'a frappée si brutalement que
la pauvre fille, atteinte de plusieurs
coups graves à la tête, se meurt en ce
moment à l'infirmerie où nous l'avons
fait transporter.

CAROLINE

Ah! mon Dieu! Monsieur le Brigadier, laissez-moi y courir!...

LE BRIGADIER

C'est à l'infirmerie de la prison!

CAROLINE

Qu'importe, on ne peut pas laisser
mourir cette pauvre fille sans secours!...
Monsieur le Curé est-il prévenu?...

LE BRIGADIER

En passant, Monsieur Delmis s'est
chargé de cette commission. Mais,
croyez-moi, le Bon Dieu n'aura que faire
de cette gueuse dans son Paradis!...

CAROLINE

C'est égal, avec votre permission, j'y
courrai tout à l'heure!

LE BRIGADIER

En ce cas, c'est moi qui vous y
accompagnerai!

M. DELMIS

Malheureusement, le plus gros gibier
nous a échappé!

LE BRIGADIER

Je n'avais pas achevé mon récit : tandis que mes hommes faisaient l'inven-
taire de tous les objets volés qui se trou-
vaient chez Michel, ce dernier a trouvé
les moyens de rompre ses liens et de
prendre la clé des champs!

GRIBOUILLE, *riant bêtement.*

Si vous l'aviez eue dans votre poche.

LE BRIGADIER, *riant aussi.*

Sois tranquille... Une autre fois je te
la confierai... Michel en liberté, c'est
un danger pour tous... il est bien à
craindre en effet que le brigand ne
fasse encore parler de lui avant peu.

M. DELMIS

C'est un malfaiteur redoutable.

LE BRIGADIER

Nous allons le surveiller de près!

GRIBOUILLE

Il finira bien par tomber entre vos
mains!

LE BRIGADIER

Je l'espère bien!

GRIBOUILLE

Je suis votre ami!... Alors, si vous
avez besoin d'un coup de main pour le
prendre!

LE BRIGADIER, *riant.*

Sois tranquille! J'y songerai!...

GRIBOUILLE

Vous savez, entre nous, c'est à la vie
et à la mort!

M. DELMIS

La mort! Je pense que tu n'y songes
pas!

GRIBOUILLE

Elle ne me fait pas peur!

CAROLINE

Tu ne serais pas triste de me quitter!

GRIBOUILLE

J'irais rejoindre maman!... La seule chose qui me serait désagréable, ce serait de retrouver Jacquot!

LE BRIGADIER

Il n'était pas ton ami, celui-là!

CAROLINE

Sois tranquille : Jacquot n'est pas au Ciel !

GRIBOUILLE

Pourquoi cela, puisqu'il est mort ?

M. DELMIS, *riant.*

Parce qu'il est une bête, et que les bêtes ne vont pas au ciel avec les hommes !

GRIBOUILLE

Avec les hommes ! C'est possible !... Mais avec les femmes !

M. DELMIS

Avec les femmes non plus, nigaud ! Mais, laisse là tes morts et ton Jacquot, personne ne songe à mourir ici.... (*au brigadier*) N'aviez-vous pas quelque chose à demander à Caroline !...

LE BRIGADIER

Si fait... Je vous prierais, Mademoiselle Caroline, de vouloir bien passer à la gendarmerie, reconnaître si tout ce qui vous a été volé est bien là !

CAROLINE

Très volontiers ! D'autant plus que si vous voulez bien m'autoriser à aller voir Rose... nous serons tout près de la gendarmerie.

LE BRIGADIER

Je n'ai rien à refuser à une sainte fille comme vous !

GRIBOUILLE

Le Brigadier a dit sainte, le Brigadier a raison !... Je suis le frère d'une sainte, moi, c'est beau... cela !

LE BRIGADIER

Et mon ami!

GRIBOUILLE

Ce n'est pas mieux!

M. DELMIS

Ne perdons pas de temps, mes enfants! Le Brigadier a de l'ouvrage!

LE BRIGADIER

Une dernière question, Mademoiselle Caroline : celle-ci pour votre sécurité et ma tranquillité personnelle : la nuit, votre porte ferme-t-elle bien?

CAROLINE

Je ne m'en suis jamais préoccupée!

GRIBOUILLE,

Quelle question : Nous n'avons pas peur des voleurs!

LE BRIGADIER

Le bruit s'est répandu en ville depuis quelque temps, excusez-moi de vous le répéter, que votre travail joint à votre esprit d'ordre et d'économie vous a permis de mettre de côté une petite somme... Je veux supposer que ce bandit de Michel, toujours à l'affût d'une proie facile l'ait entendu dire, comprenez-vous?

GRIBOUILLE

Il viendrait la nuit nous voler, je lui casse le dos avec les pincettes !...

M. DELMIS

A merveille!...

LE BRIGADIER

Michel possède un pistolet de fort

calibre!... Je le sais... j'en ai un encore plus gros...

CAROLINE

Hé bien! rassurez-vous! Nos volets tiennent bon et le loquet de la porte, Gribouille l'a solidement réparé hier, n'est-ce pas, Gribouille?

GRIBOUILLE

Un Turc ne l'ébranlerait pas!

LE BRIGADIER

Je le vois : toutes vos précautions sont prises... je m'en félicite... j'en dormirai plus tranquille... Alors, Mademoi-selle, si vous voulez revoir la pauvre Rose vivante, hâtons-nous !

CAROLINE, *jetant un fichu sur sa tête.*

Je vous suis!

GRIBOUILLE, *à la cantonade.*

Ce bandit de Michel viendrait chez nous pour nous voler. Ah! je voudrais voir cela! (*Il brandit une paire de pincettes et tend une chaise en guise de bouclier devant lui. Le Brigadier rentre en scène brusquement et fait peur à Gribouille qui se sauve en criant*).

RIDEAU

ACTE V

CHEZ CAROLINE

PREMIER TABLEAU

SCÈNE I
GRIBOUILLE

GRIBOUILLE

Gribouille est seul en scène : C'est le soir, une lampe est allumée sur la table. Il va à une porte de gauche et appelle :

Caroline!... Caroline!... Elle ne répond pas!... donc, c'est qu'elle n'y est pas. Elle n'est pas dans sa chambre... elle n'est pas ici... donc, c'est qu'elle n'est pas rentrée. Mais bien sûr, qu'elle n'est pas rentrée, suis-je bête! C'est moi qui avais la clef et la porte était fer-mée... Gribouille!... Gribouille!... tu déménages mon garçon... Ça ne vaut rien de déménager tu sais, ça abîme les meubles!... Cela m'ennuie que Caroline ne soit pas encore rentrée!... Six heures, en hiver, c'est tard... Elle avait bien besoin de retourner voir Rose à la prison (*il sursaute à un bruit*). J'ai eu peur... C'est le volet que le vent a poussé... tiens... le verrou qui s'est cassé... j'en mettrai un autre neuf, dame pour cette nuit, le volet ne tiendra guère... C'est drôle... je n'aime pas être seul comme cela le soir... J'ai été volé... Rose a été assassinée... Ce n'est pas fait

LE DOCTEUR AVAIT DIT AU BRIGADIER
QU'ELLE NE PASSERAIT PAS LA JOURNÉE

pour vous rassurer... Mais, voyons, Gribouille, tu es un homme, un vrai homme... ça ne changera pas... mon garçon... tu es un homme pour toute ta vie... Il faut t'y habituer... De quoi as-tu eu peur? D'un volet que le vent a fait battre... (*il rit*)... Ah !... la bonne histoire... j'ai eu peur d'un volet (*la fenêtre poussée par le vent s'ouvre brusquement. Gribouille ressaute et se précipite fermer la fenêtre.*) Ah! mais décidément!... j'en mourrai!... moi... et Caroline qui ne rentre pas... Comme il fait noir dehors...et quel vent!(*il écoute*) Quelqu'un marche sur la route! On pousse la porte du jardin... (*il se penche pour regarder*) Ah! c'est Caroline! (*il va lui ouvrir*).

SCENE II

CAROLINE, GRIBOUILLE (*Caroline rentrant*)

GRIBOUILLE

Ah! te voilà! comme tu rentres tard... j'étais inquiet!...

CAROLINE

Je n'ai pas voulu laisser Rose à l'agonie!

GRIBOUILLE

Hé bien!

CAROLINE

La pauvre fille vient d'expirer entre mes bras...

GRIBOUILLE

Cela ne m'étonne pas!... Le docteur avait dit ce matin au Brigadier qu'elle ne passerait pas la journée...

CAROLINE

La pauvre Rose a durement expié ses méchancetés et le Bon Dieu certainement lui fera miséricorde!

GRIBOUILLE

Si tu crois qu'ils ont dû être très flattés là-haut de la voir arriver ! Une jolie société en vérité !... Une voleuse !... Faut-il tout de même que le Bon Dieu ait de la place pour prendre chez lui des gens pareils. (*Un temps*). C'est égal, je suis content de savoir que Jacquot n'est pas au ciel ! Cela ne m'aurait pas enchanté de l'y retrouver.

CAROLINE (*souriant*).

En tout cas, cela n'aurait pas été demain !

GRIBOUILLE

L'autre nuit, j'ai rêvé que j'arrivais au paradis !.. Il y avait Maman et les anges !.. Les anges poursuivaient Jacquot... Il en faisait une figure, Jacquot... il fallait voir... il voulait toujours entrer... les anges ne voulaient pas... (*Il rit*).

CAROLINE

Au lieu de tant parler, tu ferais mieux de m'aider à préparer notre souper... Il est tout près de sept heures et le fourneau n'est pas seulement encore allumé... va chercher un peu de petit bois à la cave...

GRIBOUILLE, *effrayé*.

On frappe à la porte.

CAROLINE

Entrez ! Hé bien, Gribouille, va ouvrir !

SCENE III

LES MÊMES, LE BRIGADIER (*il a un panier sur le bras*).

LE BRIGADIER, *entrant*.

Excusez-moi, Mademoiselle, de venir chez vous à une heure pareille, je vous dérange.

CAROLINE

Nullement !

GRIBOUILLE

Nous sommes heureux de vous voir !

LE BRIGADIER

Merci ! mon ami !

GRIBOUILLE

Quand vous êtes là, on se sent protégé. Il faut souper avec nous !

LE BRIGADIER

Nous verrons cela tout à l'heure ! Pour l'instant, voilà ce qui m'amène, écoutez-moi bien...

GRIBOUILLE

C'est grave !

LE BRIGADIER

Ça pourrait l'être moins !

CAROLINE

Gribouille, laisse le Brigadier parler !

LE BRIGADIER

En tout cas, cela vous intéresse directement, Gribouille et vous ! Voilà, avant de mourir, Rose a fait des révélations à M. le Curé, à charge par lui de m'en dire deux mots. Michel qui nous a échappé rôde dans le pays ! Par les révélations de Rose, nous avons appris que Michel, vous croyant toujours chez M. le Maire, va tenter de pénétrer cette nuit ou la prochaine dans votre maison, pour prendre l'argent qu'il y croit caché !

CAROLINE

Ah ! mon Dieu !

GRIBOUILLE

Nous sommes prévenus !

LE BRIGADIER

Rudelle, un de mes hommes, fera le guet dehors ! Quant à moi, je me propose de passer la nuit ici pour pincer le misérable...

GRIBOUILLE

Hé bien ! Et nous ! Qu'est-ce qu'on va faire ?

CAROLINE

Gribouille, n'interromps donc pas toujours le Brigadier.

LE BRIGADIER

Gribouille et vous ne pouvez rester ici naturellement... M. le Curé vous offre l'hospitalité, Mademoiselle ! Quant à Gribouille, je vais lui donner la clé de mon logis, il ira y passer la nuit.

CAROLINE

Je vais déranger beaucoup M. le Curé et Manon, sa vieille servante, me recevra très mal !

LE BRIGADIER

Du tout ! La chose est arrangée entre eux !

GRIBOUILLE

Moi, je reste !

CAROLINE

Où cela ?

GRIBOUILLE

Ici !..

LE BRIGADIER

C'est impossible !..

CAROLINE

Tu n'y songes pas, mon frère, ce serait très imprudent !

GRIBOUILLE

Je reste ici avec le Brigadier... Il ne

courra pas seul le danger auquel il s'expose pour nous !

LE BRIGADIER

Je ne le veux absolument pas !

GRIBOUILLE

Moi je le veux !

LE BRIGADIER

C'est moi qui commande.

CAROLINE

De quel aide serais-tu pour lui !

GRIBOUILLE

Tu admettrais qu'un misérable puisse tenter de s'introduire chez nous sans que j'y sois moi-même !.. Que je ne prête pas secours à l'ami généreux qui va défendre notre bien, jamais !... je resterai, je le répète... (*il va s'asseoir sur une chaise*).

LE BRIGADIER

Loin de m'être utile, comme tu le crois, tu me gênerais plutôt. Je suis touché, Gribouille, de tes bonnes intentions... mais je m'oppose à ta présence ici... Que ferais-je de toi ?... Allons, ne perdons pas de temps. La nuit est noire ; accompagne ta sœur chez M. le Curé et rentre ensuite chez moi, voici la clef...

GRIBOUILLE

Où souperez-vous ?

LE BRIGADIER

J'ai tout ce qu'il me faut dans ce panier !...

GRIBOUILLE

C'est cela! Nous souperons ensemble!

LE BRIGADIER

Voyons, Gribouille, n'insiste pas.... c'est inutile... je te le répète, je ne tolé-

rerai pas que tu passes la nuit ici... Allons, prends ma clef... (*Gribouille prend la clef négligemment*) et ne perdons pas de temps... Rudelle est déjà à son poste dans le jardin. Le misérable que nous allons tâcher de saisir cette fois peut ne pas attendre que la nuit soit très avancée pour risquer son mauvais coup. Il faut donc, Mademoiselle Caroline, que vous soyez partis d'ici, Gribouille et vous, le plus tôt possible.

CAROLINE

Ah ! Brigadier, que Dieu vous garde !

LE BRIGADIER (*riant*).

Il le fera, allez.,.. Il ne manquerait plus que le Bon Dieu se mette du côté des voleurs à présent...

CAROLINE

Mais, comment vous remercier !...

LE BRIGADIER

Je ne fais que mon devoir !

CAROLINE

Comme je souhaiterais être à demain déjà ! Alors Gribouille, puisque le Brigadier le veut, laissons-le !... (*au Brigadier*) Croyez-bien que je n'oublierai jamais !...

(*Caroline et Gribouille sont sortis*).

SCENE IV
LE BRIGADIER (*seul*).

(*Il a fermé soigneusement la porte et se dirige du côté opposé à la fenêtre, il a ouvert une petite lucarne et appelle à voix basse :*)
Rudelle !... Rudelle !... Bon !... Vous êtes à votre poste... veillez bien du côté du bois des Renaudes... Comment ?... moi ?... j'ai l'œil droit sur la fenêtre et le gauche sur la porte, alors comme ça je suis tranquille... mais, pas de

« L'AUTRE NUIT, J'AI RÊVÉ QUE J'ARRIVAIS
AU PARADIS »

bruit... hein... Comment ?... Non... inutile... rien qui puisse faire soupçonner à ce bandit de Michel que la maison est gardée. C'est compris... pas un mot... (*Il referme la lucarne, puis va à son panier qu'il ouvre, en tire de quoi dîner, après avoir sorti de sa ceinture un pistolet de fort calibre. On a frappé vigoureusement à la porte, le Brigadier va ouvrir.*)

SCENE V
LE BRIGADIER, GRIBOUILLE.

LE BRIGADIER

Toi ?

GRIBOUILLE

Après avoir accompagné Caroline jusque chez M. le Curé... je n'ai pu me résoudre à rentrer chez vous, sans le dire à Caroline, je suis revenu ici...

LE BRIGADIER

Je te l'avais défendu !

GRIBOUILLE

Vous êtes mon ami... vous-même m'avez dit que vous m'aimiez comme un frère... gardez-moi, je vous en prie... tout seul, j'aurais eu peur... avec vous, je me sens un courage extraordinaire, n'est-ce pas que vous allez me garder... donnez-moi cette preuve de confiance... ce soir, je me sens un autre homme... je vous l'affirme, un homme comme vous...

LE BRIGADIER

Tu exagères...

GRIBOUILLE

Je ne suis plus un gamin...

LE BRIGADIER

Tu te la figures.

GRIBOUILLE

Non, c'est la vérité, alors dites ne me renvoyez pas... je serai si heureux que vous me gardiez près de vous, cette nuit...

LE BRIGADIER

Mon bon Gribouille, ton insistance me touche beaucoup... je t'en suis, crois-le bien, très profondément reconnaissant, mais...

GRIBOUILLE, *s'asseyant.*

Je reste !

LE BRIGADIER

Tu le veux absolument...

GRIBOUILLE

Rien ne me ferait partir, mais, je n'ai pas soupé, qu'y a-t-il de bon dans votre panier (*il regarde*) peste, un demi poulet !

LE BRIGADIER

Je le réservais pour ta sœur.

GRIBOUILLE

Dans le placard... Caroline avait mis de côté des œufs durs et du saucisson, et voici une bouteille de vieux cidre... alors, à table (*Ils soupent tous les deux*).

LE BRIGADIER

Tu n'as pas eu de peine à retrouver ton chemin, la nuit est noire, cependant.

GRIBOUILLE

Vous aviez laissé la lampe éclairée, de loin sa lumière me guidait !

LE BRIGADIER

C'est vrai, je ne m'étais pas méfié. (*à Gribouille*) Porte la lampe de l'autre côté et pour plus de prudence, baisse un peu la mèche... là... doucement... et ne casse rien...

GRIBOUILLE

Pas de danger...

LE BRIGADIER

Oh !... avec toi !

GRIBOUILLE, *revenant près de lui.*

Où allez-vous passer la nuit... Brigadier ?

LE BRIGADIER

Sur une chaise, mon ami, je ne suis pas ici pour dormir !

GRIBOUILLE

Je resterai sur une chaise près de vous !

LE BRIGADIER

Couche-toi, au contraire, à quoi bon te fatiguer... à veiller...

GRIBOUILLE

Vous veillez bien, vous !

LE BRIGADIER

J'y suis habitué !... c'est mon métier !... Chut !... j'avais cru entendre... ce n'est rien...

GRIBOUILLE

La nuit sera moins longue à la passer ensemble et puis, je ne sais pas, je m'imagine que je vous serai peut-être utile cette nuit.

LE BRIGADIER

En tout cas, tu me prouves ton amitié en veillant avec moi... Je t'en remercie de tout cœur !

GRIBOUILLE

Cela vous fait quelque chose que je vous aime !

LE BRIGADIER

Peux-tu en douter... Je n'avais pas d'ami, comment n'accueillerai-je pas volontiers celui qui s'offre à moi si gentiment...

GRIBOUILLE

Je me sens si à l'aise avec vous !

LE BRIGADIER

Mes moustaches ne te font pas peur !

UN HOMME MASQUÉ, AVEC UNE LANTERNE SOURDE...

GRIBOUILLE, *se levant d'un air brave en brandissant sa fourchette.*

Peur ! Elles seraient deux fois plus grosses qu'elles ne m'effraieraient pas... (*se rasseyant*) vous avez l'air si bon... rien qu'à vous voir approcher, on se sent plus tranquille.

LE BRIGADIER

Crois-moi... Tout le monde n'en dit pas autant !

GRIBOUILLE

Et puis, je ne sais pas pourquoi, il me semble que ce soir il va m'arriver par vous quelque chose qui me fera plaisir... qui me rendra fier.

LE BRIGADIER

Fier ?

GRIBOUILLE

Quelque chose qui me grandira !

LE BRIGADIER

Ça... c'est comme qui dirait un pres-sentiment. *(Il prononce pre-sentiment).* c'est signe, bien sûr, qu'on va avoir

le fracturer, vers un meuble. A ce mo-ment-là, le Brigadier saute sur lui en criant : « Haut les mains ! » (1) Michel a le temps de se retourner et ayant repassé la fenêtre, il tire un coup de pistolet du jardin... Gribouille qui, pour le protéger, s'était jeté devant le

GRIBOUILLE TOMBE, ATTEINT PAR LE PROJECTILE

la chance de s'emparer de ce bandit de Michel... il nous a si souvent échap-pé... Mais, Gribouille, ne parlons plus ! débarrasse la table sans bruit et reviens t'asseoir derrière moi... *(Quelques ins-tants se passent).* Cette fois, je ne me trompe pas... on marche dans le jar-din... on s'approche de la fenêtre. *(Le brigadier rejette Gribouille derrière lui et a saisi son pistolet... Un homme masqué avec une lanterne sourde à la main est entré par la fenêtre... Il explore la pièce sans apercevoir Gri-bouille et le Brigadier et se dirige, pour*

Brigadier, tombe atteint par le projec-tile.)

LE BRIGADIER

A moi, Rudelle ! *(nouveau coup de feu dans le jardin.)*

GRIBOUILLE *(que le Brigadier soutient et d'une voix haletante).*

J'ai sauvé mon ami, j'ai sauvé mon frère... Caroline... je meurs content !

LE BRIGADIER, *regardant Gribouille.* Ah ! le misérable... il l'a tué !

(1) C'est toute une mise en scène à régler.

RIDEAU

DEUXIEME TABLEAU

Chez CAROLINE

Au lever du tableau, Mme Grébu est seule en scène, un instant se passe, entre à son tour Mme Delmis.

SCÈNE I
Mme DELMIS, Mme GRÉBU

Mme Delmis, *entrant*

Ah ! vous êtes chez Caroline !

Mme Grébu

Comme vous y venez vous-même !

Mme Delmis

Je passais, alors, n'est-ce pas, en passant...

Mme Grébu

C'est comme moi, je me promenais, alors en me promenant... (*Un temps*). C'est affreux, n'est-ce pas !

Mme Delmis

A qui le dites-vous ! Depuis ce terrible drame, je ne ferme pas l'œil de la nuit !

Mme Grébu

Moi non plus !

Mme Delmis

Vous l'avez dit, c'est affreux !

Mme Grébu

Mais aussi, quel besoin le Brigadier avait-il de le garder avec lui !

Mme Delmis

C'est lui, Gribouille, qui l'a voulu, le Brigadier s'y opposait formellement !

Mme Grébu

Le Brigadier n'aurait pas dû céder ! Ces gendarmes ce n'est bon qu'à faire tuer le pauvre monde !

Mme Delmis

En attendant, vous la première, vous êtes bien contente qu'ils aient débarrassé le pays de ce bandit de Michel au risque de se faire tuer eux-mêmes, car Michel après avoir tiré sur Gribouille avait aussi dirigé son arme contre le compagnon du Brigadier ; celui-ci l'a échappé belle !

Mme Grébu

Ils se sont saisis de Michel... c'est le principal.

Mme Delmis

Le bandit est maintenant sous les verrous... et ne tardera pas à monter sur l'échafaud... du moins, je l'espère.

Mme Grébu

Il l'aura bien mérité !... Rose et Gribouille, deux morts sur la conscience... malheureusement, cela ne rendra pas la vie à ce pauvre garçon... Caroline... que va-t-elle devenir ? vous allez sans doute la reprendre ?

Mme Delmis

Je le désire infiniment !

Mme Grébu

Cela lui sera peut-être pénible de

rentrer chez vous... d'y retrouver le souvenir de son pauvre frère... tandis que chez moi...

Mme DELMIS

Du tout... Caroline sera très contente de revenir à la maison !

Mme GRÉBU

Il faudra lui demander son avis !

Mme DELMIS

Il est certain à l'avance.

Mme GRÉBU

C'est vous qui le dites !

Mme DELMIS

Parfaitement !

Mme GRÉBU

Si vous croyez qu'elle se plaisait à votre service !

Mme DELMIS

Croyez-vous qu'elle serait plus contente au vôtre ?

Mme GRÉBU

Assurément !

Mme DELMIS

Je ne le pense pas !

Mme GRÉBU

Elle et Gribouille avaient tant regretté de ne pas entrer chez moi.

Mme DELMIS

Ils vous l'ont dit !

Mme GRÉBU

Vos enfants sont insupportables !

Mme DELMIS

Et votre chien... vous croyez qu'il est agréable ; on dit qu'il salit toute la maison, votre chien !

Mme GRÉBU

Cela ne vous regarde pas.

Mme DELMIS

Heureusement !

Mme GRÉBU

Moi, je paie mes domestiques, Madame Delmis !

Mme DELMIS

Moi aussi, Madame Grébu !

Mme GRÉBU

Je les nourris, Madame Delmis !

Mme DELMIS

Ah ! mais, vous savez, j'en ai assez...

Mme GRÉBU

Vos domestiques ne disent pas cela... ils ne mangent pas à leur faim !...

Mme DELMIS

Je vous en prie, mêlez-vous de vos affaires et non des miennes.

Mme GRÉBU

Je dis ce que tout le monde sait !

Mme DELMIS

Insolente !

Mme GRÉBU

Vous-même !

SCENE II
LES MÊMES, CAROLINE

CAROLINE, *avec beaucoup de calme et triste.*

Ah ! excusez-moi, Mesdames, j'ignorais que vous fussiez-là... je rangeais les affaires de ce pauvre Gribouille.

Mme DELMIS

Nous venons d'arriver, ma bonne Caroline !

Mme Grébu, *aimable.*

Nous causions tout tranquillement en vous attendant !

Mme Delmis

Nous avons bien pris part à votre douleur, ma pauvre Caroline !

Mme Grébu

Ne doutez pas de notre sympathie, ma bonne Caroline !

Mme Delmis

Tout le monde aimait Gribouille !

Mme Grébu

Il le méritait !

Caroline

Je remercie bien ces dames !

Mme Delmis

Un garçon si gentil !

Mme Grébu

Si poli !

Mme Delmis

Un travailleur !

Mme Grébu

Un domestique si complaisant !

Mme Delmis

Une perle !

Mme Grébu, *à Mme Delmis.*

Tout le monde vous l'enviait.

Mme Delmis, *à Mme Grébu*

Je ne me suis pas consolée de son départ.

Mme Grébu

Je comprends cela... un serviteur si attentionné !

Mme Delmis

Si dévoué...

Caroline

Ces dames sont trop aimables ! Je suis très reconnaissante à ces dames...

Mme Delmis

Nous disons la vérité !

Mme Grébu

Toute la vérité !

Mme Delmis

Je tenais à vous le dire moi-même, ma chère enfant, si vous désirez vous replacer, je...

Mme Grébu

Je cherche une bonne, ma brave Caroline... alors... si... vous...

Mme Delmis

Vous fixerez vous-même le montant de vos gages...

Mme Grébu

Moi... je vous donne le double !

Caroline

Ces dames sont trop généreuses vraiment... mais mon travail de couturière suffira à m'assurer mon pain quotidien... puisque, hélas, mon pauvre frère n'est plus...

Mme Grébu, *pleurant à moitié.*

Ah ! c'est affreux... ma pauvre petite, vous ne pouvez pas rester seule... ici... dans cette maison...

Mme Delmis

Réfléchissez ! vous serez si bien chez moi, rien ne vous manquera...

Mme Grébu, *bas.*

Je ne reçois jamais... très peu de travail...

Mme Delmis, *bas.*

Je prendrai une autre bonne, vous ne ferez que mes robes...

Mme Grébu, *haut.*

Ah ! c'est affreux vraiment !

Mme Delmis, *haut.*

Un malheur pareil, qui aurait pu prévoir…

Mme Grébu

Un garçon si… bien élevé.

Mme Delmis

Un domestique si…

SCENE III
LES MÊMES, M. DELMIS.

M. Delmis

Je ne suis pas surpris de vous trouver chez Caroline, Mesdames !

Mme Grébu

Nous désirions témoigner à Caroline toute la part que nous avons prise à son malheur.

Mme Delmis

Nous n'aurions pas voulu que Caroline puisse croire que son chagrin nous laissait indifférentes.

M. Delmis

Votre bon cœur à toutes deux a dicté cette démarche… maintenant qu'elle est faite, je vous serais bien reconnaissant, Mesdames, de nous laisser. J'ai à parler à Caroline… au sujet de ce triste drame… si foudroyant…Je dois fournir toutes sortes de renseignements à la préfecture… et faciliter l'œuvre de la justice. Pour cela, il me faut causer seul un moment avec Caroline… Je vous demande donc, bien aimablement, Mesdames, de me céder la place !…

Mme Grébu

Nous vous laissons !

Mme Delmis

A bientôt, ma bonne Caroline (*bas*) cent francs par mois et le vin…

Mme Grébu

Nous nous reverrons, ma bonne Caroline… (*bas*) deux cents francs par mois, le sucre, le café…

Caroline, *les reconduisant.*

Je salue bien ces dames et les remercie bien sincèrement !

Mme Delmis *à Mme Grébu.*

Venez, ma bonne amie… venez…

Mme Grébu, *bas à Caroline.*

Vous le savez, ma chère enfant, ma maison vous est ouverte…

Mme Delmis *à Mme Grébu.*

Mais venez donc, Madame Grébu ! (*Ces dames sortent*).

SCENE IV
M. DELMIS, CAROLINE.

M. Delmis

Je devine aisément ce que ces dames désiraient. Je ne ferai pas de phrases, ma chère enfant, pour vous dire que ma maison ne vous sera jamais fermée… vous le savez… mais un avenir meilleur vous est réservé… je l'espère !

Caroline

Je ne sais de quel avenir, Monsieur le Maire veut parler… celui que j'entrevois est de me mettre courageusement au travail, cela ne m'effraie pas.

M. Delmis

J'en suis bien sûr… (*un temps*). Vous n'en serez pas surprise, Caroline, la préfecture ordonne une enquête des plus minutieuse sur la mort de Gribouille… Pour dégager le Brigadier de toute responsabilité en cette douloureuse affaire...

CAROLINE, *surprise*

On pourrait rendre le Brigadier responsable de la mort de mon frère !... Ah ! Monsieur le Maire !...

M. DELMIS

Pour qu'il n'en soit pas question... je vais vous demander si vous voulez bien de me préciser certains détails...

CAROLINE

Je vous écoute, Monsieur le Maire !

M. DELMIS

Vous étiez présente, n'est-ce pas... pouvez-vous m'assurer que le Brigadier s'est formellement opposé à ce que Gribouille passât avec lui cette terrible soirée !...

CAROLINE

Absolument !

M. DELMIS

C'est Gribouille seul qui l'a voulu ?

CAROLINE

A ce point qu'après m'avoir conduite chez M. le Curé, sans m'en prévenir... Gribouille est venu rejoindre le Brigadier... lequel avait demandé cependant à Gribouille de ne pas coucher dans notre maison ce soir-là.

M. DELMIS

A merveille !... Et naturellement, il ne vous viendrait pas à l'esprit de porter plainte contre le Brigadier, le rendant responsable de la mort de Gribouille !...

CAROLINE.

Moi... je pourrais avoir une pareille idée !... Ah ! Monsieur le Maire.

M. DELMIS

Permettez, il me fallait cette assertion de votre part !...

CAROLINE.

Gribouille s'est sacrifié volontairement !

M. DELMIS

Pour sauver son ami... et son frère... n'est-ce pas ?

CAROLINE, *rougissant.*

Gribouille donnait par affection ce titre au Brigadier.

M. DELMIS

Et croyez-vous que Gribouille n'aurait pas souhaité que le Brigadier Bourget devînt son frère plus réellement ! En souvenir de lui... de cette amitié si touchante... vous ne consentiriez pas à réaliser une union que de Là-haut votre frère appelle, j'en suis sûr, de tous ses vœux !...

CAROLINE.

Monsieur le Maire, à quelques jours de la mort de Gribouille, parler déjà mariage !

M. DELMIS

Vous ne refusez pas d'y penser un peu plus tard !

CAROLINE.

Peut-être !

M. DELMIS

Je l'espérais bien, alors si je demandais au Brigadier qui attend dehors anxieusement le résultat de ma démarche, si je le priais avec votre autorisation d'entrer un instant...

CAROLINE, *rougissant.*

Si vous trouvez, Monsieur le Maire, que je puis le recevoir !

M. Delmis

Je vous le demande pour lui. (*Il ouvre la porte, sort un instant, et revient avec le Brigadier*).

SCENE V

CAROLINE, M. DELMIS, LE BRIGADIER

Le Brigadier

Ah ! Mademoiselle Caroline !

M. Delmis

Elle sera un jour votre femme ! N'est-ce pas mon enfant ?

Caroline.

Gribouille le désirait.

Le Brigadier

Et vous ?

Caroline.

Où pourrais-je trouver un protecteur plus dévoué !

M. Delmis

Mon enfant... pour ma part, je n'y vois aucun inconvénient. Seulement, aujourd'hui je n'ai pas mon écharpe... si vous voulez, je repasserai dans un mois... c'est dit !

Le Brigadier

Caroline, j'ai juré à votre pauvre frère mourant de vous consacrer ma vie et de faire de votre bonheur... ma principale... ma plus chère occupation...

M. Delmis

Vous ne dites rien, Caroline ?

Caroline, *tendant la main au Brigadier*.

Je l'aime !... et je serai sa femme !

M. Delmis (*au public*).

Et Mme Delmis qui prétend que je ne saurais jamais réussir un mariage... mais alors... et mon... écharpe !

(*Il la tire majestueusement de sa poche*)

RIDEAU

Imprimerie du Palais, 20, rue Geoffroy-l'Asnier, Paris.

OEuvres illustrées de Jules Verne

SÉRIE A

**Chaque volume
in-8⁰ illustré**

broché .... 10 fr.
cartonné .... 15 fr.

L'Archipel en feu.
Autour de la Lune.
Aventures de trois Russes et
de 3 Anglais.
Un billet de loterie.
Le Chancellor.
La Chasse au Météore.
Le Château des Carpathes.
Les cinq cent millions de la
Bégum.
Cinq semaines en ballon.
De la Terre à la Lune.
Un drame en Livonie.
Le Docteur Ox.
L'Ecole des Robinsons.
L'Etoile du Sud
Face au Drapeau.
Hier et Demain, Contes et
Nouvelles.
Robur-le-Conquérant.
Le Secret de Wilhem Sto-
ritz.
Le Tour du Monde en 8o
jours.
Une Ville flottante.
Voyage au centre de la
Terre.

SÉRIE B

**Chaque volume
in-8 illustré**

broché ...... 20 fr.
cartonné .... 28 fr.

L'Agence Thompson and Cⁱᵉ.
Aventures du capitaine
Hatteras.
Aventures de trois Russes.
— Une Ville flottante.
Bourses de voyage.
Un Capitaine de quinze ans.
Cinq semaines en ballon. —
Voyage au centre de la
Terre.

L'Etoile du Sud. — L'Ar-
chipel en feu.
L'Etrange Aventure de la
Mission Barsac.
La Jangada.
La Maison à vapeur.
Michel Strogoff.
Mistress Branican.
Les Naufragés du « Jona-
than ».
Robur - le - Conquérant. —
Un billet de Loterie.
Seconde Patrie.
Le Secret de Wilhelm Sto-
ritz. — Hier et Demain.
— Contes et Nouvelles.
Le Testament d'un Excen-
trique.
Le Tour du Monde en 8o
jours. - Le Docteur Ox.
Vingt mille lieues sous les
mers.

SÉRIE C

**Chaque volume
in-8° illustré**

broché ...... 25 fr.
cartonné ...... 33 fr.

Les Enfants du Capitaine
Grant.
L'Ile mystérieuse.
Mathias Sandorf.

**Les mêmes volumes dans la Collection in-16 illustrée,
Brochés : 7 francs :: :: Reliés : 10 francs**

BIBLIOTHÈQUE DE LA JEUNESSE

Chaque volume illustré broché, couverture en couleurs

2 fr. 50

IMP. CUSSAC, PARIS.